David Walliams

大衛・威廉幽默成長小說

機密

香蕉行動

CODE NAME BANANAS

大衛・威廉(David Walliams) 著
東尼・羅斯(Tony Ross) 繪
郭庭瑄 譯

晨星出版

蘋果文庫 142
大衛・威廉幽默成長小說 15

香蕉行動
Code Name Bananas

作者：大衛・威廉（David Walliams）
繪者：東尼・羅斯（Tony Ross）
譯者：郭庭瑄

責任編輯：謝宜真｜文字校對：謝宜真、蔡雅莉
封面設計：鐘文君｜美術編輯：張蘊方

創辦人：陳銘民｜發行所：晨星出版有限公司
407 台中市工業區 30 路 1 號｜TEL：（04）23595820｜FAX：（04）23590581
Email：service@morningstar.com.tw
行政院新聞局局版台業字第 2500 號｜法律顧問：陳思成律師

讀者服務專線：（02）23672044 /（04）23595819#212
讀者傳真專線：（02）23635741 /（04）23595493
讀者專用信箱：service@morningstar.com.tw
晨星網路書店：http://www.morningstar.com.tw
郵政劃撥：15060393（知己圖書股份有限公司）

印刷：上好印刷股份有限公司

初版日期：2022 年 09 月 15 日
ISBN：978-626-320-202-3
CIP：873.596 111009874
定價：新台幣 390 元

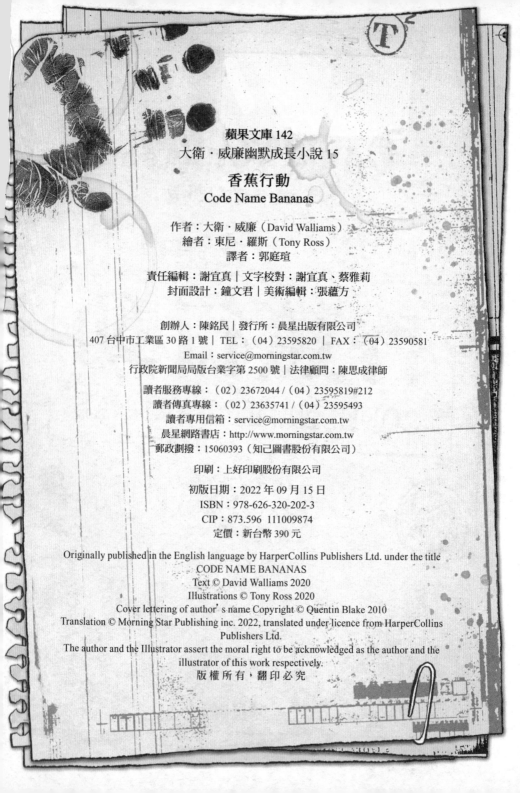

獻給親愛的

詹姆士（James）和蘇菲（Sophie）

大衛

機密

機密

Val Brathwaite
創意總監

Samantha Stewart
總編輯

Elorine Grant
藝術副總監

Kate Clarke
設計師

Matthew Kelly
設計師

Sally Griffin
設計師

Geraldine Stroud
我的公關總監

Tanya Hougham
有聲書製作人

David Walliams

謝辭

我想感謝：

Ann-Janine Murtagh
我的執行出版人

Charlie Redmayne
出版社執行長

Tony Ross
本書繪者

Paul Stevens
我的經紀人

Harriet Wilson
我的編輯

Kate Burns
美術編輯

機密

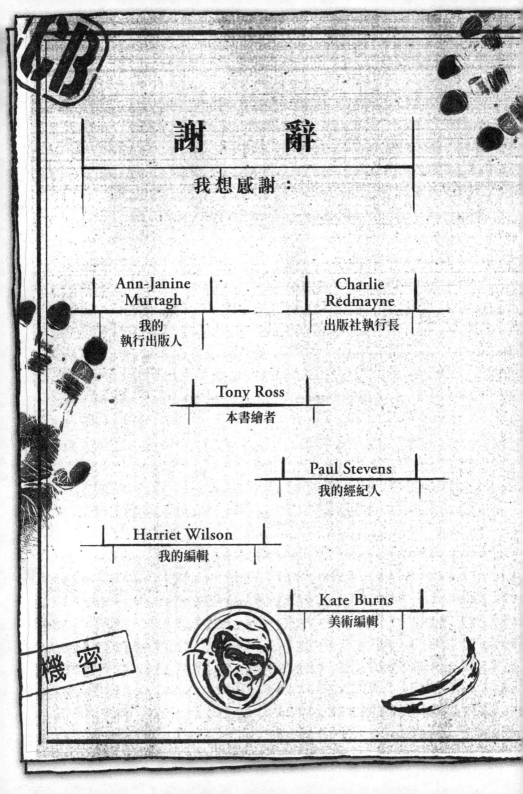

謝謝茱莉（Julie）和她的家人替書中的大猩猩取名叫「葛楚德」。我跟英國喜劇慈善基金會（Comic Relief）和英國廣播公司兒童慈善機構（BBC Children in Need）一起舉辦了比賽活動，邀請大家替本書的角色命名，最後由茱莉勝出。

感謝所有參加比賽的人。

——大衛・威廉

David Walliams

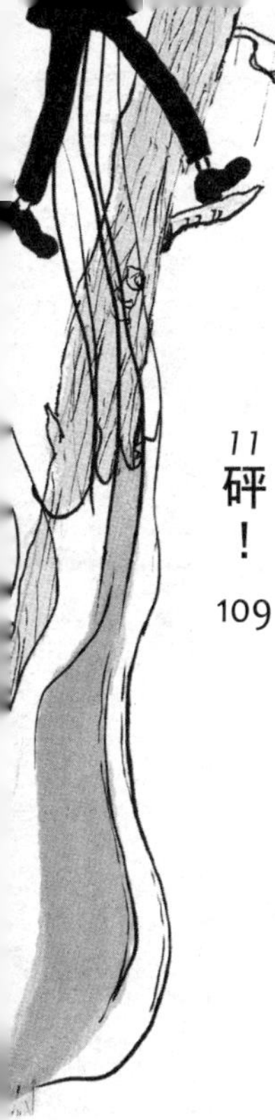

目錄

第三部　永不投降

第四部　殘酷的暴政

第五部 最黑暗的時刻

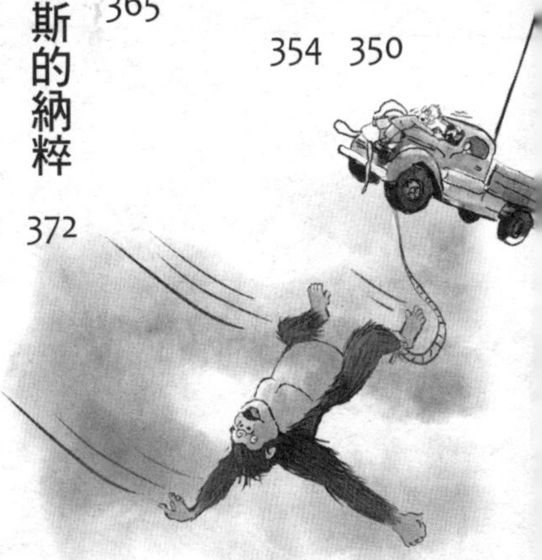

第六部 熱愛傳統

倫　　敦

一九四〇年十二月　第二次世界大戰

機密

英國與納粹德國已經激戰了一年多。

此時正值閃電戰期間，納粹炸彈如雨點般不停轟炸這座城市。不只倫敦居民活在恐懼之中，就連當地的動物也是如此，尤其是倫敦動物園裡的動物。

參與這場冒險旅程的有……

艾瑞克

身材矮小、個性害羞的十一歲男孩，有對尖尖的耳朵，戴著眼鏡，其中一片鏡片還裂開。不幸的是，艾瑞克和當時許多孩子一樣，在戰爭中失去了雙親。現在他成了孤兒，大多時候都很孤僻和悲傷。唯一能讓他開心的就是去倫敦動物園玩。他在那裡和一個毛茸茸的大朋友發展出非常特別的友誼，至於她是誰，等等就會介紹了。

席德叔叔

席德是艾瑞克的外叔公，也是倫敦動物園裡最年長的保育員。他在那裡工作了很久，久到沒人記得有多久，連他自己也不記得。他和許多人一樣，在第一次世界大戰爆發時被徵召入伍。然而，踏上法國戰場的第一天，他就踩到敵軍的地雷，失去了雙腿。如今，席德只能靠著錫製的義肢行走，但沒有什麼能澆熄他的鬥志。這位動物保育員會不惜一切代價與納粹作戰，證明自己是個英雄。

奶奶

艾瑞克的奶奶是個可怕的狠角色。她總是穿得一身黑：黑色鞋子、黑色大衣和黑色平頂圓帽。這位失聰的老太太無論走到哪裡都會帶著助聽筒，好聽見外面的聲音。另外，這個助聽筒也可以充當武器，用來打跑那些擋路的人。艾瑞克變成孤兒後，她便把他接過來一起住。儘管艾瑞克很愛奶奶，他還是覺得奶奶很難相處，因為她非常嚴格。

貝西

貝西是一位活潑有趣、充滿歡笑充滿愛的女性。她在倫敦一家軍醫院當醫生，日夜照顧受傷的士兵。貝西和席德是隔壁鄰居，住在一排有小露臺的房子裡。有一次，炸彈把分隔兩家後院的籬笆炸出一個大洞，所以貝西不分日夜，隨時可以跑過來看席德。

防空隊員妮娜

妮娜是倫敦數百名防空隊員之一。只要納粹轟炸機出現，他們就會立刻採取行動。每當空襲警報響起，防空隊員都會確保倫敦居民遠離街道，到安全處避難。對愛管閒事、喜歡指使別人的妮娜來說，這是一份完美的工作。

費德里克・佛朗爵士

佛朗是倫敦動物園園長，但你可能會很訝異，他居然一點都不喜歡動物。各種大大小小的生物都讓他毛骨悚然。他總是怕被動物咬、被口水沾到，最糟糕的是被牠們尿在身上，所以他大多時間都躲在辦公室裡，盡可能遠離那些可怕的野獸。此外，他的談吐非常優雅，講話的腔調就像嘴裡含了顆梅子一樣。

巴特下士

這位打過第一次世界大戰的老兵，現在是倫敦動物園的夜間警衛。巴特留著濃密的大鬍子，老是戴著錫製頭盔，胸前掛滿勛章，最重要的是，他的步槍永遠不離身。巴特接到嚴格的命令，如果有危險動物在夜間空襲期間逃離動物園，一律格殺勿論。

納爾小姐

身材魁梧的倫敦動物園獸醫，只要有動物需要麻醉，就會找她來。相貌凶惡、神情陰險的納爾會帶著一支裝滿毒藥的針筒登場，而且她非常喜歡這份工作，動物的體型愈大愈好。她講話總是大聲咆哮，令人緊張不安。

海倫娜與柏莎

這對年長又神祕的雙胞胎姊妹在英國海濱小鎮博格諾里吉斯經營一家廢棄旅館。這間名為「觀海樓」的旅館已經很多年沒有客人了。這對奇怪的姊妹花究竟在那裡做什麼？或許她們迷人的外表下藏著更黑暗的一面。

史畢爾艦長

史畢爾是一位優雅卻無情的納粹 U 型潛艇（又叫潛水艇）指揮官。掌握德國政權的邪惡納粹領袖——元首阿道夫・希特勒本人，親自指派史畢爾執行最高機密任務，要他駕駛潛艇前往英國南岸埋伏，準備發動攻擊。如果史畢爾成功，戰爭情勢就會出現戲劇性的轉變，讓納粹贏得勝利。

溫斯頓・邱吉爾

英國首相，身形壯碩，有點禿頭，總是穿著三件式西裝搭配蝴蝶結和紳士帽，整潔又俐落。邱吉爾以撼動人心的演說、堅定不移的意志，以及熱愛白蘭地和雪茄而聞名。許多人都認為他是唯一能帶領英國戰勝納粹德國的領袖。

最後的壓軸是……

大猩猩葛楚德

葛楚德是倫敦動物園裡年紀最大的動物之一，也最受民眾歡迎，是園區的大明星。她很愛嘟起嘴對遊客發出噗噗聲，在大家面前賣弄，特別是有一、兩根香蕉可吃的時候。小朋友都很喜歡看這隻老猿表演炫技。葛楚德跟其中一個孩子發展出非常獨特的友誼──一個矮小害羞、戴著破眼鏡，名叫艾瑞克的男孩。

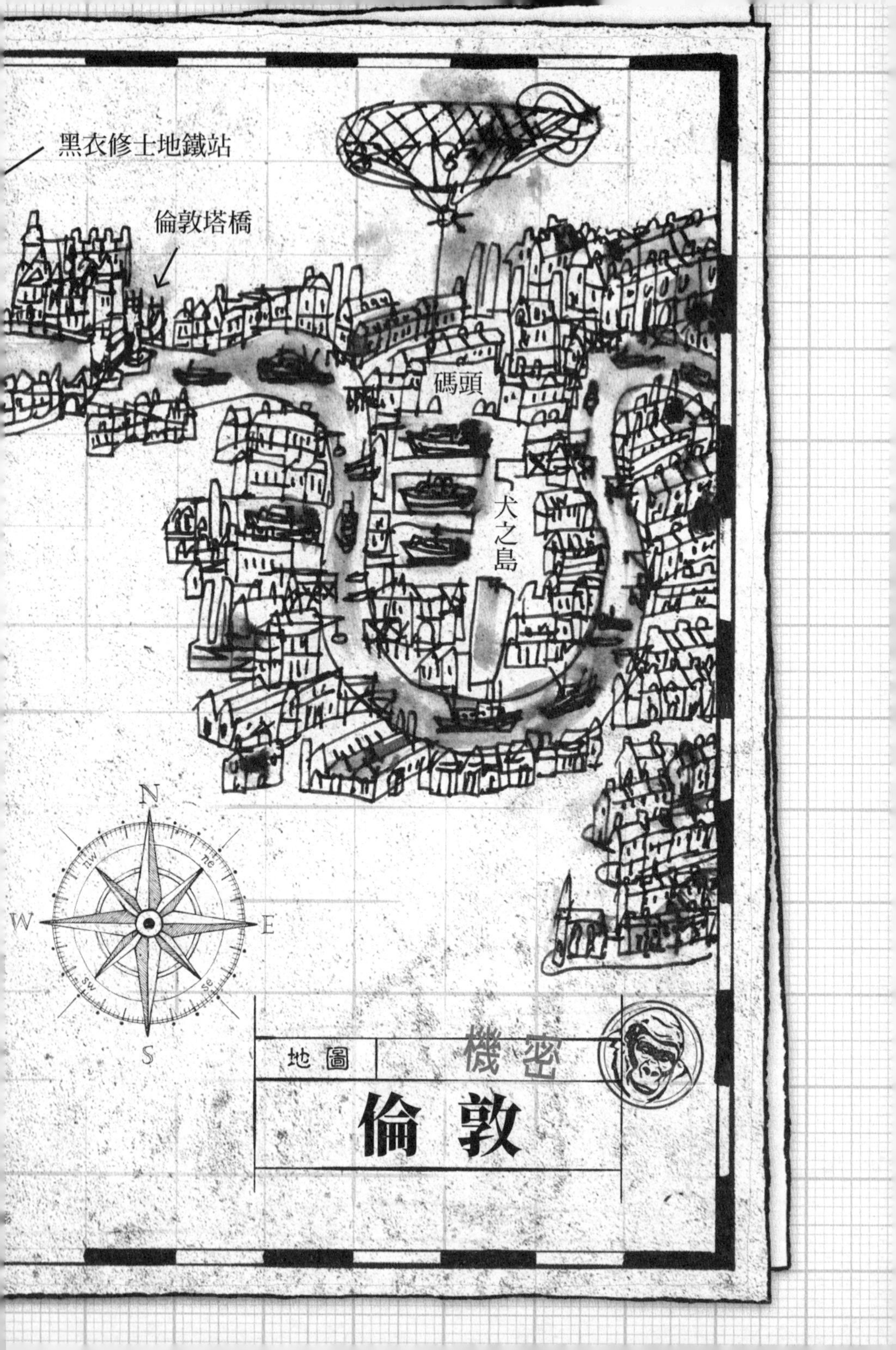
黑衣修士地鐵站
倫敦塔橋
碼頭
犬之島
N
W
E
S
nw
ne
sw
se
地圖
機密
倫敦

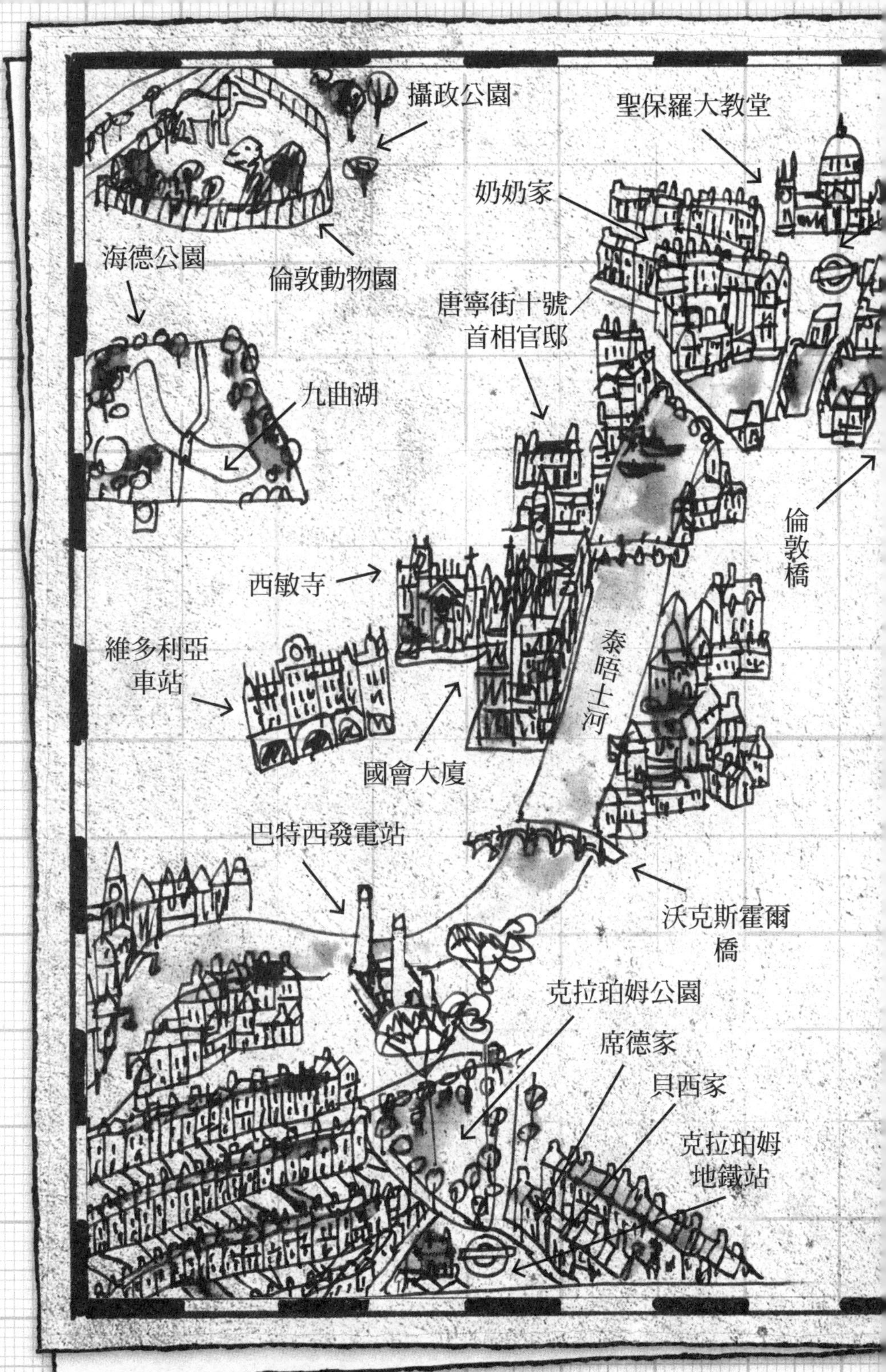
攝政公園
聖保羅大教堂
奶奶家
海德公園
倫敦動物園
唐寧街十號
首相官邸
九曲湖
倫敦橋
西敏寺
維多利亞
車站
泰晤士河
國會大廈
巴特西發電站
沃克斯霍爾
橋
克拉珀姆公園
席德家
貝西家
克拉珀姆
地鐵站

辦公室
外圓環
巴特下士的
小屋
昆蟲
蝴蝶館
點心販賣部
攝政公園
公園大道
鸚鵡屋
員工專用
入口
駱駝
大猩猩
紅鶴
鹿
犀牛
老虎
鱷魚
獅子
海獅
鳥園
牛
陸龜
企鵝池

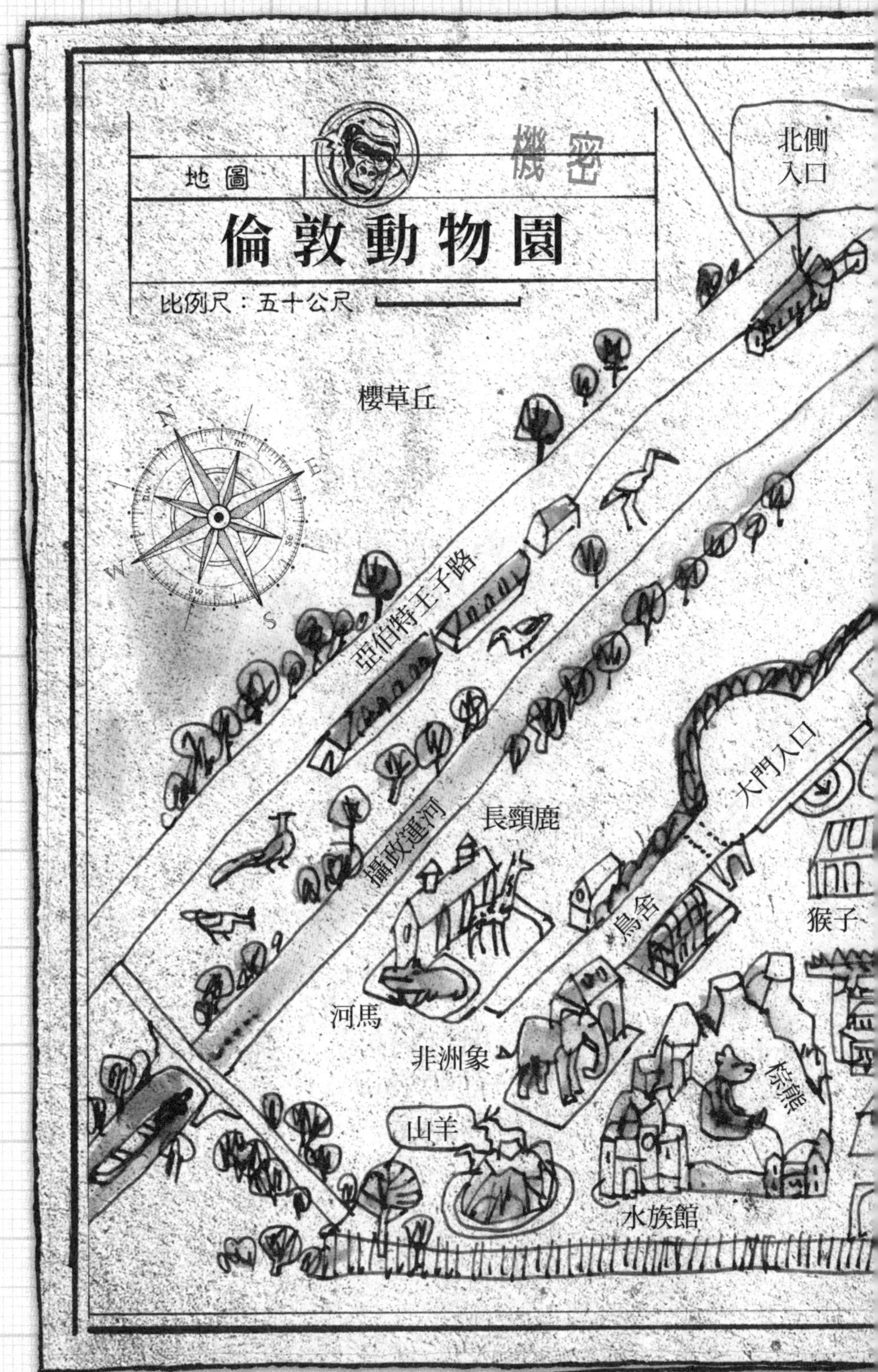
地圖
機密
倫敦動物園
比例尺：五十公尺
北側入口
櫻草丘
亞伯特王子路
攝政運河
長頸鹿
大門入口
猴子
鳥舍
河馬
非洲象
山羊
棕熊
水族館

最高機密

Opt.

第一部

放膽去做

CB

機密

1 我最搖擺

生命。

愛。

歡笑。

世界陷入一場難以想像的恐怖戰爭中，因此這三件事變得前所未有地重要……

也是這個故事的核心。

這場冒險始於一九四〇年十二月。那是一個清冷的倫敦午後，確切地說應該是倫敦動物園的午後。在那裡，一個小男孩有了新的發現，讓他長久以來第一次大笑出聲。

「哈！哈！哈！」

那個男孩是個十一歲的孤兒，名叫艾瑞克。以這年紀的孩子來說，艾瑞克的身高算矮，另外他還有對尖尖的耳朵，他覺得這個特徵讓自己被迫變得很顯眼。艾瑞克有戴眼鏡，但其中一片鏡片裂了，他沒有錢修理。

下課鐘一響，艾瑞克就提起細瘦的腿全力衝刺，飛快跑出校門。他討厭上學，其他同學常因為他的耳朵形狀而無情地捉弄他、找他麻煩，還幫他取了一個綽號叫「尖耳男」。

艾瑞克的奶奶嚴格規定他放學後要立刻回家，但他忍不住繞路。他從學校出發，匆匆奔過街道，閃避如小山般的碎石堆。他大可在炸毀的建築物、燒毀的雙層巴士或被擊落的納粹軍機殘骸中展開冒險，但他沒有浪費時間，完全沒有。他急著趕去他最喜歡的地方。

倫敦動物園。

除了動物之外，動物園最棒的一點就是艾瑞克可以**免費入場**！因為他的叔叔在那裡當動物保育員。席德叔叔其實是他媽媽的叔叔，但艾瑞克一直以來也都叫這位老人「叔叔」。有時艾瑞克甚至會幫席德照顧動物。這是他最愛做的事。他夢想有一天能成為動物保育員。艾瑞克覺得動物似乎比人類友善得多。牠們不會取笑他的尖耳朵，而且有些動物的耳朵也一樣尖尖的。無論如何，牠們都有自己獨特的美。

艾瑞克喜歡餵動物吃飯，幫牠們洗澡，甚至願意進籠清理排泄物。有時大象的糞便重達一頓，需要兩個人才鏟得起來。

席德會讓艾瑞克從後門偷偷溜進動物園，這樣他就不必花六便士

動物便便觀察指南：

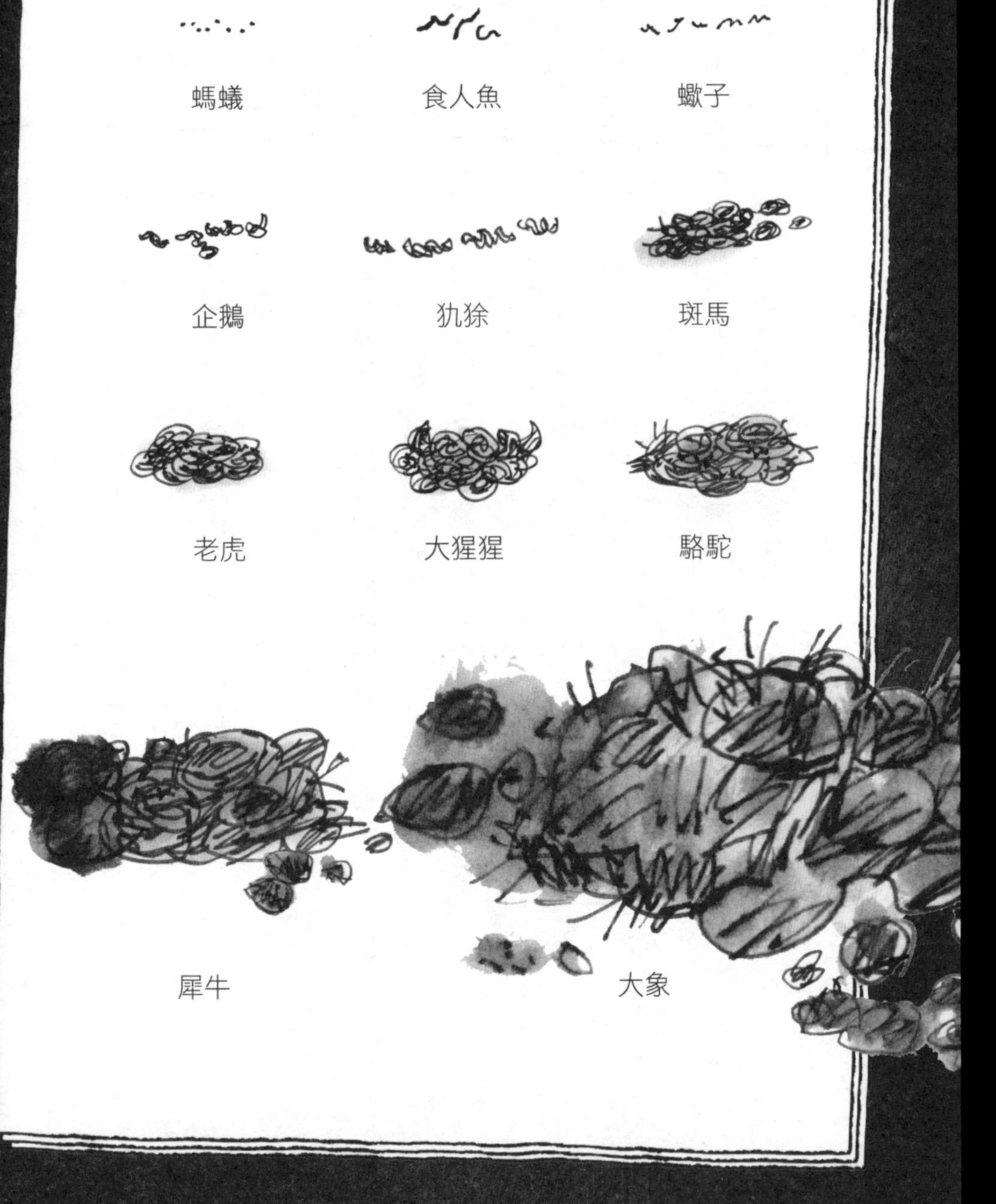
螞蟻
食人魚
蠍子
企鵝
犰狳
斑馬
老虎
大猩猩
駱駝
犀牛
大象

買門票，這對一個男孩來說可是一筆不小的費用。艾瑞克身上一便士都沒有，更別說六便士了。

就這樣，艾瑞克每天四點都會準時抵達員工專用入口，像進行軍事行動一樣躲在別人看不到的地方，敲三下門。

叩！叩！叩！

然後他會靜靜等待，直到聽見外叔公模仿貓頭鷹的叫聲：「嗚嗚！」這個聲音表示情況安全。接著，他會聽到席德叔叔的腳步聲愈來愈近。他的腿是錫製的假腿，原本的真腿在第一次世界大戰中被炸斷了，所以他每次走路都會發出鏗啷、鏗啷的聲音。

鏗啷！鏗啷！鏗啷！

「通關密語！」席德躲在大門另一邊，用氣音低聲說。

「我最搖擺！」艾瑞克回答。

「哈哈！」席德笑著打開大門。「進來吧！」

密語每天都不一樣。艾瑞克每次都會發明新的來逗席德叔叔笑。

他們最喜歡的有：

猴子落花生

金剛臭臭王

你的褲子裡有螞蟻

小小妙妙妙

河馬呼呼鬍

寶寶睡快快睡

討厭鬼喝涼水

果凍屁屁

ㄋㄟㄋㄟ補給站

漢佛瑞包包爵士

「謝謝席德叔叔。」

「今天學校還好嗎？」席德問道。他們的家族基因很強，席德同樣個子矮小，有一對尖耳朵，不過他的眉毛非常濃密，鬍子更是有過之而無不及，這點兩人就不太像了。錫製義肢讓他走路有點不穩，看起來隨時會跌倒。

「我討厭上學！」艾瑞克氣呼呼地說。

「看得出來！」

「同學都拿我的耳朵取笑我。」

「我覺得你的耳朵很正常啊！」席德邊說邊抓著自己的尖耳朵搖一搖，逗艾瑞克笑。

「哈哈！」

「別讓那些惡霸把你打倒！這裡面的東西才是最重要的，」席德緊緊攫住自己的心口。「千萬別忘了——你是個很**棒**的孩子！」

「我會努力。」

「你在學校沒有朋友嗎？」

「沒有。」艾瑞克難過地回答。

「沒關係，我知道這裡所有動物都是你的朋友。牠們愛你就像你愛牠們一樣。」

艾瑞克衝上前抱住席德，把頭靠在他又大又圓的肚子上。

「哇！」席德失聲驚呼，胡亂揮舞雙手臂，彷彿一隻試著飛翔的企鵝。

「對不起！我老是忘記你戴著義肢……」

「別擔心。等我走了，你就可以把我當成破銅爛鐵賣啦！」他開玩笑說。

「你很搞笑耶！」艾瑞克綻出笑容。

「雖然戰火紛飛，我們還是要保持微笑，更要痛快大笑。不然我們究竟是為了什麼而戰？」

「我沒想過這個，」艾瑞克沉思了一會。「但是你說得對，席德叔叔。今天有什麼事需要幫忙嗎？」

「哦！你真乖，但我已經全都打掃好了。你去玩吧，玩得開心點！」

「謝謝！我會的！」

「我知道經過昨晚，那些動物看到你一定會很高興！」

艾瑞克瞬間明白他的意思。昨夜是開戰以來納粹德國空軍（或稱納粹飛鷹）轟炸倫敦火力最猛的一次。

「空襲警報一響，我就把奶奶叫醒了。她聽不太清楚。」

「喔，我知道！她是個聾子嘛。」

「當時我還穿著睡衣，奶奶穿著睡袍，我們跑到**黑衣修士地鐵站**避難，跟好幾百人一起睡在月臺上過夜。」

「感覺怎麼樣？」席德問。「我敢說一定很吵。」

「而且很臭。絕對稱不上好睡！」

「我想也是，但至少你和奶奶很安全。」

「你躲在哪裡？」

「我？防空隊員要我跑到防空洞，但我直接來動物園。我得在這裡照顧動物，安撫牠們的情緒。」

一想到這些動物有多痛苦，艾瑞克不禁皺起臉。

「牠們還好嗎？」

「我盡力了，可是德軍炸個不停。**轟！轟！轟！**很遺憾，你的朋友受到的影響最嚴重。她受不了炸彈的噪音，嚇得魂飛魄散。」

艾瑞克擔心地吞吞口水。「我最好馬上去看她。」

「快去吧，我知道你總是能讓她開心起來。除了你，沒人做得到！」

席德摸摸艾瑞克的頭。艾瑞克便跑去找他的朋友。

在艾瑞克眼中，倫敦動物園宛若仙境。他這輩子從沒離開過倫敦，但是在這裡，在這座城市的幾英畝土地上，有來自世界各地最奇妙、最迷人的生物。

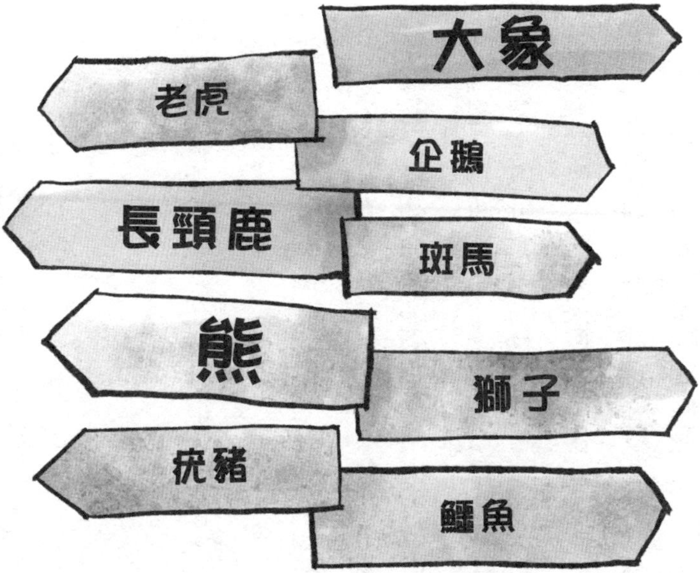

其中一種動物是艾瑞克的最愛。

她的名字叫葛楚德。

大猩猩葛楚德。

2 夾抱

葛楚德有趣的地方在於她很人性化，但又沒那麼人性化。

她全身覆蓋著濃密的黑色毛髮，就像一件巨型毛皮大衣。她的頭很大，凸凸的額頭和臉一樣長，兩隻非比尋常的大耳朵從頭部兩側探出來，位置就落在眼睛上方。一般來說，大猩猩的耳朵很小，但葛楚德不是。或許這就是為什麼艾瑞克覺得自己和她之間有特殊的連結，也可能是因為她那溫暖的薑黃色眼睛閃爍著友善的光芒。

葛楚德的鼻子又寬又厚實，像老太太一樣滿布皺紋。這很合理，因為她的確是個老太太。她已經五十歲了，以大猩猩來說非常老。但只要她一開口，那種「親切老奶奶」的形象瞬間破滅。

大尖牙！

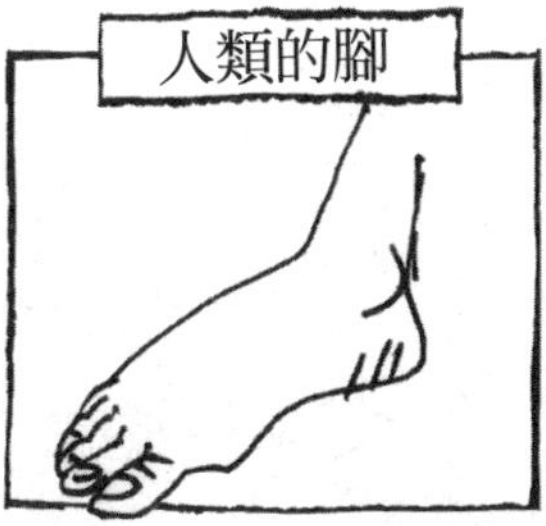

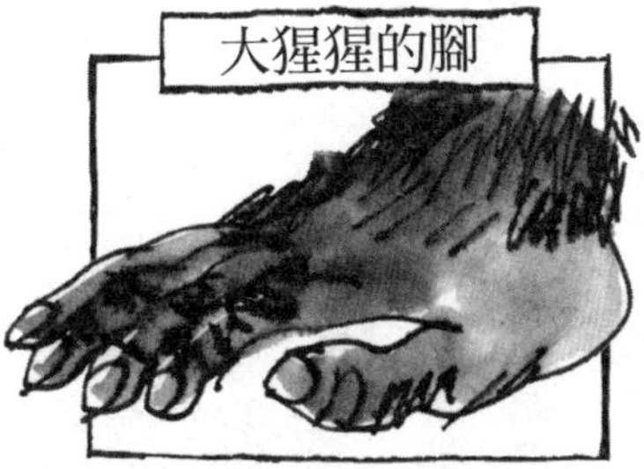

葛楚德有兩對非常懾人的尖牙，一對在上排，一對在下排。

另外，她的手臂也不太像親切的老奶奶。她的臂膀和她的腿差不多粗，而她的腿又比粗更粗。還有，她圓滾滾的大肚子簡直跟水桶沒兩樣。艾瑞克最喜歡葛楚德的手和腳，跟他的很像，只是她的**大到不行**。

葛楚德大概是倫敦動物園裡最大，卻也最溫和的猿類。有時會有麻雀飛進籠子，停在她頭上。也許你以為一隻大猩猩會以驚人的力道徒手捏爛那隻不速之客，但葛楚德不會。她對待小鳥就像對待小嬰兒一樣，會小心翼翼地把牠捧在掌中輕輕撫摸，有時甚至還會模仿鳥叫聲。

「啾啾！啾啾！」

然後她會親一下鳥喙。

「姆嘛！」

聚集在葛楚德籠子周圍的遊客看到這些舉動都很開心。大猩猩是倫敦動物園的**人氣明星**。

身為孤兒最糟糕的莫過於想念被擁抱的感覺。艾瑞克在戰爭中失去了爸媽。他們都很會抱人，有時全家還會來個家庭抱抱，把艾瑞克夾在中間，稱之為「**夾抱**」。夾在中間和抱抱。

艾瑞克最愛爸爸媽媽的**夾抱**。父母的愛和溫暖讓他有種安全感。可是戰爭把他們倆從他身邊奪走……

永遠看不到了。

艾瑞克知道自己再也不會有那種感覺。因此，他常透過籠子欄杆看著葛楚德，好希望自己能施點魔法走進去，讓大猩猩用粗壯厚實的臂膀緊緊抱著他。葛楚德的體型和他爸媽加起來一樣大。艾瑞克相信，她一定能給他一個很棒的**夾抱**。

3 派對把戲

艾瑞克飛也似地往前衝，經過一種又一種動物，最後終於來到好友的籠子前。只見大猩猩葛楚德蹲在角落，背對人群，身體來回搖晃，讓他覺得好難過。

這不正常。

情況很**不對勁**。

這隻年老的母猩猩完全不像平常的她。平常她在遊客面前很愛現，會使出各式各樣的花招，特別是有一根香蕉可吃的時候。**或兩根，或三根**，或可以一次塞進嘴裡的量，也就是超多根。

葛楚德最愛的派對把戲包含：

吐舌頭

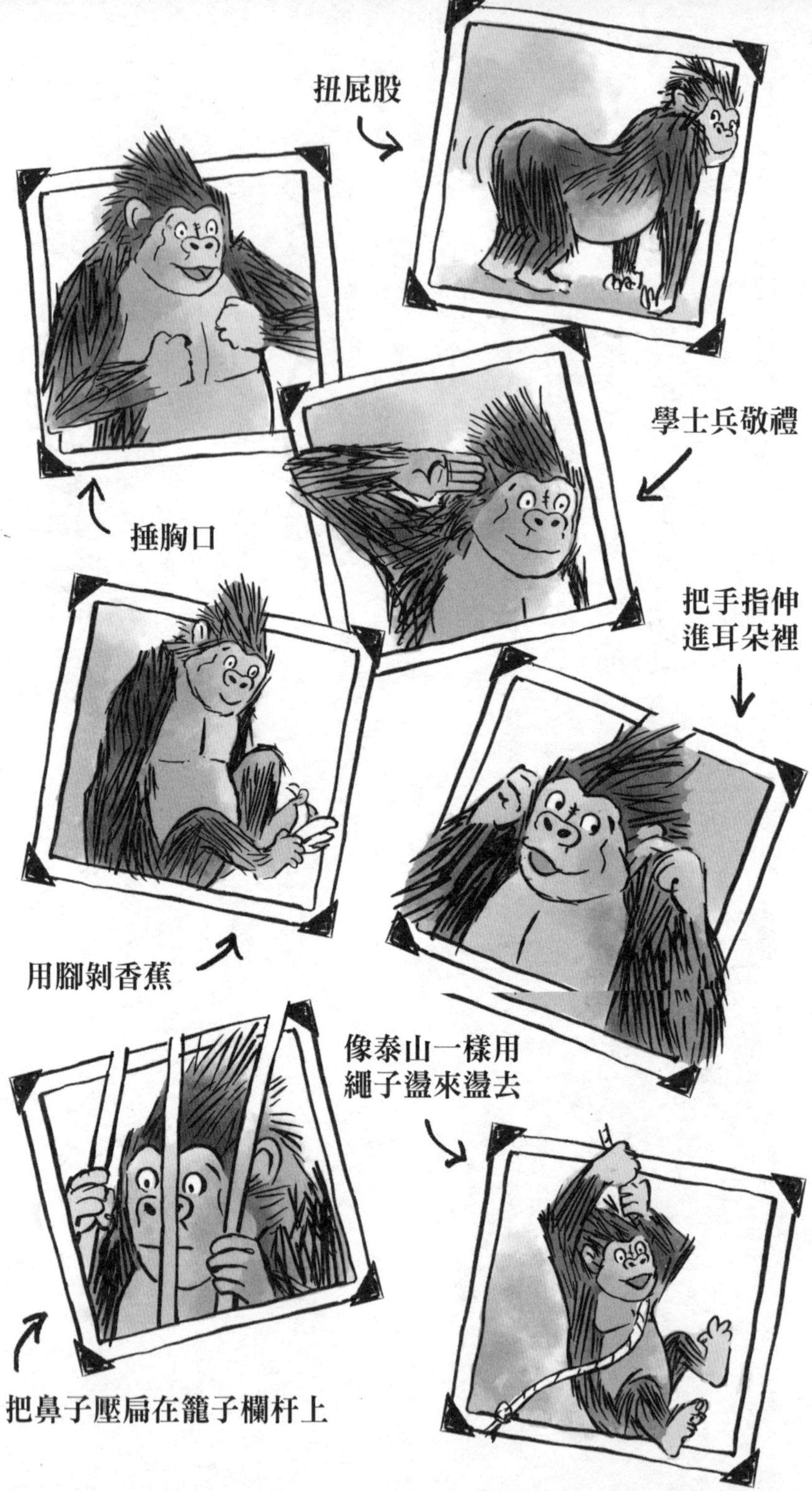
扭屁股
捶胸口
學士兵敬禮
把手指伸
進耳朵裡
用腳剝香蕉
像泰山一樣用
繩子盪來盪去
把鼻子壓扁在籠子欄杆上

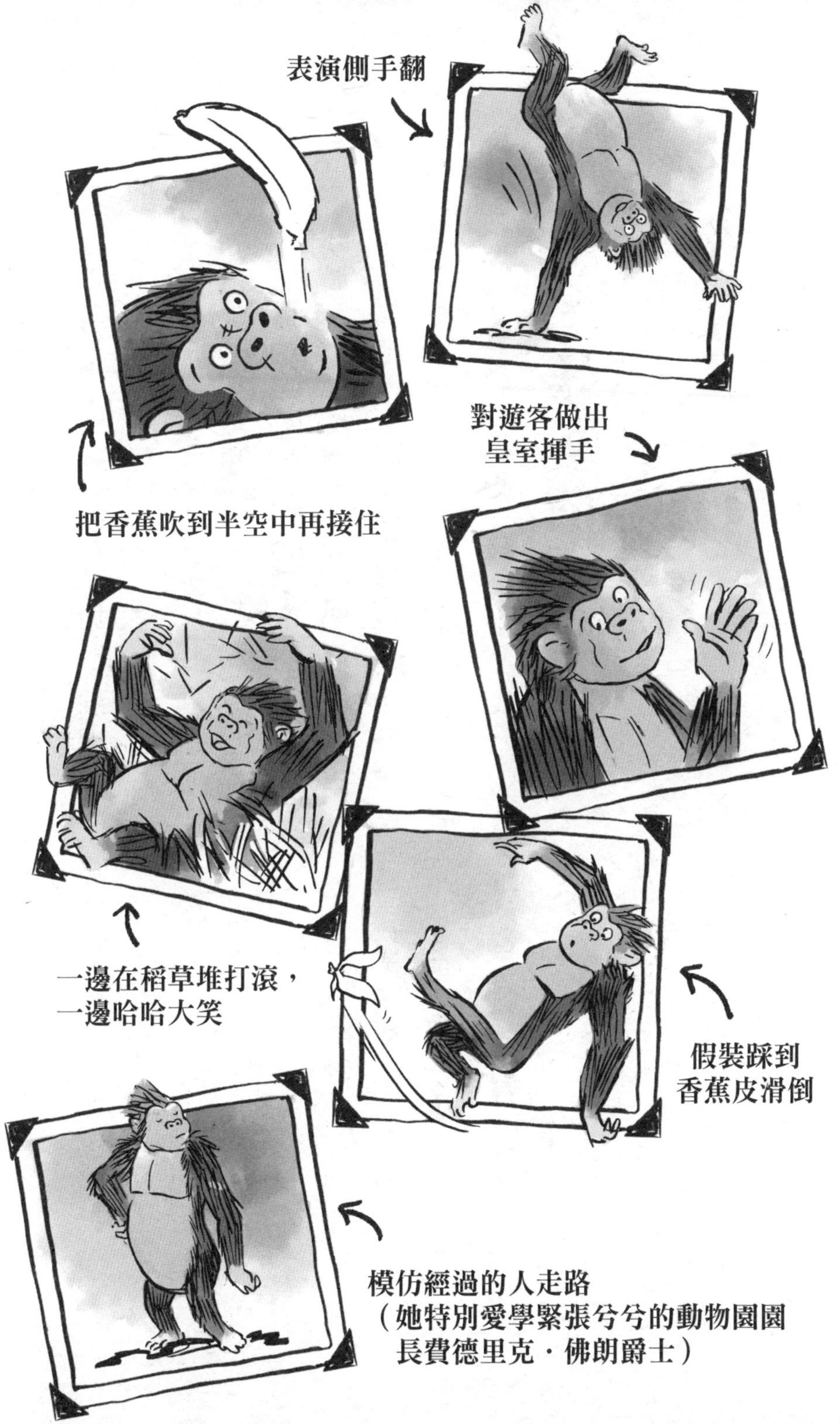

表演側手翻
把香蕉吹到半空中再接住
對遊客做出
皇室揮手
一邊在稻草堆打滾，
一邊哈哈大笑
假裝踩到
香蕉皮滑倒
模仿經過的人走路
（她特別愛學緊張兮兮的動物園園
長費德里克・佛朗爵士）

艾瑞克受不了看到好友這麼傷心。她顯然被昨晚的空襲嚇壞了。籠子周圍的遊客不停嘀咕，低聲抱怨。

「花了那麼多錢，居然給我看這個！」

「痴肥的大猩猩！」

「有夠浪費時間！」

艾瑞克沒辦法擠到人群最前面，於是便爬到長椅上大喊：**「葛楚德！」**

一聽到朋友的聲音，大猩猩立刻停止搖晃，站起身，抓著繩索手腳並用地擺盪，動作一派輕鬆。盪到最高點時，她認出了茫茫人海中的艾瑞克。

「咿呀！」她一看到艾瑞克就放聲大叫。雖然音量震耳欲聾，但完全聽得出來是**快樂的呼喊。**

4 嘟嘴噗噗

圍觀的遊客環顧四周，想知道這隻大猩猩究竟是看到誰，變得那麼興奮。

艾瑞克覺得好害羞。這麼多人盯著他看讓他非常難為情，整張臉比番茄還紅。

艾瑞克對他的朋友揮揮手。遊客逐漸退開，讓他走到前面。

葛楚德輕鬆地沿著繩子滑下來，蹦蹦跳跳地走向艾瑞克。他伸手貼著金屬欄杆。

「小心！」人群中傳來一聲叫喊。

「大猩猩很危險！」另一個人接著說。

「牠會把你的手臂扯下來，速度快到讓你來不及唱完《瘦小的傑克》這首童謠～！」第三個聲音警告。

葛楚德聽從艾瑞克的引導，輕輕把手放在籠子內側的欄杆上。他們的掌心

微微碰在一起。

艾瑞克揚起一抹微笑，葛楚德也笑了。看到她傻乎乎的笑容，他咯咯地笑了起來，葛楚德也跟著哈哈大笑。

「哈哈！」

「呵哈！呵哈！」

艾瑞克對她吐舌頭。

大猩猩也對他吐舌頭！

人群中響起一陣輕笑。

「哈哈哈！」

聽到大家在笑，艾瑞克一陣緊張，忍不住退後一步。

「繼續啊，孩子！」有人慫恿。

「不要停下來！」另一個人催促。

「門票錢值得了！」第三個人說。

艾瑞克深呼吸，想把這些陌生人拋在腦後。他鼓起勇氣再度朝籠子走去。

葛楚德對他微笑，雙眼閃閃發光。艾瑞克也笑了。大猩猩的笑容很有感染力。

今天，艾瑞克決定更進一步，教葛楚德一個新把戲。他做了一件自己覺得很好笑的事：嘟起嘴巴發出噗噗聲。

『噗——！』

幾個大人發出嘖嘖聲和不滿的低語。

「嘖！」

「嘖！」

「嘖！」

顯然他們對他孩子氣的幽默沒興趣。

但葛楚德不是。她露出困惑的表情，接著噘起嘴唇吹氣，可是沒有聲音。

為了鼓勵她再試一次，艾瑞克慢慢嘟起嘴，伸出舌頭，然後吹氣。

『噗——！』

「噴！」

「噴！」

「噴！」

一直看著艾瑞克尋求鼓勵的葛楚德模仿他的動作。她再次噘起嘴脣，伸出舌頭。這一次，她吹出了全世界最長、最響亮的噗噗聲，簡直是嘟嘴噗噗冠軍。

『噗——！』

成功！

「哈哈哈！」

儘管滿臉都是大猩猩的口水，艾瑞克還是忍不住哈哈大笑。

「呵呵呵！」

原本一臉嚴肅的遊客也開始咯咯笑起來。

「幹得好，孩子！」

「這孩子對動物還真有一套！」

「他們倆應該在舞臺上表演！」

艾瑞克感到一陣自豪，忍不住想自己還能做些什麼？可以用噗噗聲吹出類似曲調的東西嗎？只有一個方法能找出答案。

艾瑞克知道的歌不多。他常在學校朝會上唱〈統治吧，不列顛尼亞！〉，而且那天早上就有唱。

於是他在腦海中反覆播放這首歌，開始噗出[1]音符與和弦。

「噗——！噗！噗！噗！」

艾瑞克停下動作，希望葛楚德能跟著他一起出聲。

大猩猩歪著頭看著艾瑞克，好像他是個怪人似的。

艾瑞克並沒有氣餒，反倒堅持下去，又重複了一遍。

「噗——！噗！噗！噗！」

1 「噗出」這個詞是我編的。詳細定義請參閱《威廉大辭典》。

葛楚德把頭歪向另一邊，眼中閃過一道淘氣的光芒。她噘起嘴脣，伸出舌頭。

『噗——！』

她發出一陣低沉悠長的噗噗聲，又噴得艾瑞克滿身口水。

「祝你好運，小子！」後方傳來嗤之以鼻的冷笑聲。

「接下來你應該會教牠彈鋼琴吧！」

「或是加入皇家芭蕾舞團！」

「哈哈哈！」

艾瑞克能感覺到遊客逐漸散去，但他很確定，值得再試一次。

「噗——！噗！噗！噗！」

這一次，神奇的事發生了。葛楚德居然跟他吹出同樣的旋律！

『噗——！噗！噗！噗！』

小男孩和大猩猩一起嘟著嘴，用噗噗聲吹出〈**統治吧，不列顛**

尼亞！〉。

艾瑞克一直與葛楚德維持眼神交流，還不時點點頭，好讓她抓到拍子。他很確定葛楚德沒聽過這首歌。她怎麼可能會聽過呢？但她很快就學會了。

「噗——！噗！噗！噗！」

沒多久，那些拖著腳離開的人又跑回來看他們表演。圍觀的遊客愈來愈多，籠子周圍擠得水泄不通。艾瑞克設法無視人群，全神貫注地教葛楚德吹這首曲子。最後兩人以葛楚德為主調，用如雷貫耳的噗噗聲替這場合唱畫下句點。

「噗——！」

現場立刻爆出熱烈的掌聲。

「繼續！繼續！」

「安可！」

「再吹一首！」

艾瑞克轉過身。群眾不斷鼓譟，讓他的臉變得像倫敦公車一樣紅。

「嗯，我，呃……」

這時，人群後方傳來一個聲音。一個憤怒的聲音，一個他再熟悉不過的聲音……大聲叫他的名字。

「艾瑞克！」

5 奶奶的口水

「艾瑞克！」那個聲音再度大吼。

現在艾瑞克的臉比郵筒還紅。

遊客東張西望，想看看哪個人嗓音居然這麼宏亮。

「午安，奶奶。」艾瑞克的聲音小得像蚊子叫。

「少跟我說什麼午安，奶奶！小鬼，你麻煩大了！我不是叫你放學後直接回家？你有嗎？**沒有！**你又跑來動物園！」

艾瑞克沒有回答。

他被奶奶逮個正著。
老太太用助聽筒將人群趕到一旁。
嗶！
「哎喲！」
啪！
「好痛！」
砰！
「啊！」
「看看你，孩子！」看到孫子全身沾滿大猩猩的口水，她忍不住驚叫。「你的臉髒死了！」
然後，奶奶做了一件艾瑞克和全世界所有孩子都討厭的事。她往手帕上吐了一口口水，開始用力擦他的臉。

現在艾瑞克全身都是奶奶的口水，而不是大猩猩的口水。他不確定哪個更糟。

這樣的懲罰似乎還不夠。奶奶一把拽著他尖尖的耳朵。

「跟我來！」她厲聲喝道。「我敢說這一定都是你席德叔叔的主意！那個人總是往你腦子裡塞一堆愚蠢的念頭！」

「不關席德叔叔的事！」艾瑞克說謊。

「你說什麼？」老太太把助聽筒貼在耳邊問道。

「不關席德叔叔的事！」

奶奶直盯著艾瑞克。「麵包和肉汁！」她大聲咆哮。「我敢肯定，今晚天一黑就會有另一場空襲，」她抬頭望著天空。「現在隨時都有可能發生！」

奶奶用空閒的手拿著助聽筒，在人群中殺出一條血路，就像拿一把刀在叢林中砍來砍去一樣。

嘩！

「好痛！」

啪！

「哎喲！」

砰！

「不會吧，又來了！」

這場騷動讓愈來愈多人開始擠在一起，包含遊客、動物保育員和一名看起來很拘謹的男子。他穿著乾淨俐落的晨禮服，戴著高頂禮帽，努力穿過人群。

「拜託！不好意思，各位！請有點兒禮貌！」他大喊。他的腔調非常**優雅**，不時會有「兒」音出現。「拜託，夫人，冷靜點兒！」

「你說什麼？」她高聲嚷嚷。

「我說『冷靜點兒』！」

「好啦好啦！沒必要用吼的吧。」

「夫人，妳是不是聽力不太好？」那名男子看著助聽筒問。

「五點十五分，」奶奶邊看手錶邊回答。「你到底是誰？」她將助聽筒貼近耳朵，補上一句。

男子被她的口氣嚇到，直接對著助聽筒末端說：「我是費德里克兒‧佛朗爵士！」

「費德里克兒！」奶奶語帶嘲諷地重複。「那是什麼鬼名字啊？」

「費德里克兒！這是很正常、很紳士的男性名字。」

「我想應該是費德里克，」艾瑞克用氣音提醒。他到現在還是皺著臉，耳朵被奶奶扯得好痛。「他是開動物園的。」

「沒錯，孩子。費德里克兒！我是動物園園兒長！」

「園什麼？」奶奶又問。

「園兒長！」

「園兒長？什麼是園兒長？」

「他是園長，奶奶。」艾瑞克解釋。

「到底要講幾次妳才聽得懂？」佛朗皺起眉頭。「園兒長！」

「沒必要大吼，親愛的！」她吼回去。

「我要客氣地請妳離開這兒！」

「這兒？」她問道。

「對！這兒。快點兒！」

「別擔心，我們要走了！」奶奶邁開大步向前。每走一步，葛楚德都會嘟嘴發出噗噗聲……

「噗！噗！噗！」

……讓奶奶看起來像在放屁。

人群一陣爆笑。

「哈哈哈！」

「哦！我的天！」佛朗驚呼。「是誰教大猩猩兒這麼做的？是你嗎，大耳朵男孩兒？」他面對面厲聲質問艾瑞克，鼻子都快貼到他臉上了。

「對，先生，」艾瑞克承認。「我只是想讓朋友打起精神，忘掉昨晚那場轟炸。她剛才一直來回晃動，我很擔心她。」

「所以你教她怎麼用嘴巴吹噗噗聲兒？」

「是的，先生。」艾瑞克難過地回答。

「這裡是動物園兒！不是**馬戲團兒**！」佛朗怒聲喝斥。

「完全同意！」奶奶氣沖沖地附和。「你得跟孩子的外叔公談談。他在動物園工作，叫席德．普拉特！」

「普拉特兒？」

「不對！是普拉特！」

奶奶把席德留在一堆大象糞便那裡；巧合到讓人吃驚的是，他之前正好就在那裡。艾瑞克依舊能聽見遠處傳來錫製義肢熟悉的鏗啷聲。

鏗啷！鏗啷！鏗啷！

一看到席德，艾瑞克便搖搖頭，好像在說：「快跑！」遺憾的是，跑步並不是席德叔叔的強項。

「你認識這個男孩嗎，普拉特兒？」佛朗問道。

艾瑞克搖搖頭。

「呃，不認識？」席德說謊。

「席德，他是你的外姪孫耶！」奶奶大吼。「我知道你笨，但沒想到你居然這麼笨！」

「哦，對，那我認識他。」席德改口。

「到底認不認識？」佛朗追問。

「認識，但也不認識。他出生前我不認識他，現在我認識了。」

「我一再叮嚀我的孫子，外面在打仗，不安全！放學後一定要直接回家！」奶奶開始發飆。「可是，哇，席德．普拉特可不這麼想！他希望這孩子和他一樣成為動物保育員，整天都在鏟屎！我敢說他甚至讓這孩子免費入園！」

「免費兒？免費兒！真的嗎？」佛朗皺起眉頭。

席德望向艾瑞克，艾瑞克又搖搖頭。但席德很清楚，事情已經瞞不住了。

「對，真的，免費兒，我是說，免費。你們看，小艾瑞克很愛動物，牠們也很愛他……」

「席德．普拉特兒，到我辦公室等我！你們兩個，馬上離開動物園兒。」

「你說什麼？」奶奶把助聽筒放在耳邊，大聲嚷嚷。

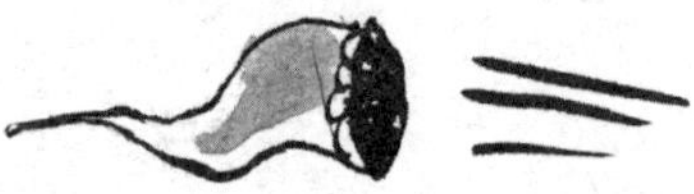

「我說離開！」

「沒必要**大吼大叫！**別擔心，我們要走了！就算你付錢給我，我也不會回到這個又臭又舊的爛地方！」奶奶氣沖沖地拽著艾瑞克的尖耳朵，讓它變得更尖了。

「哎喲！」被奶奶拖走的艾瑞克大叫。他偷偷回頭瞄了席德一眼，又看看葛楚德。大猩猩坐在籠子裡，這場騷動她全都看到了。儘管葛楚德不會說人類的語言，但她很清楚剛才發生了什麼事。

艾瑞克很傷心，她也很傷心。

大猩猩把手伸向籠子，顯然不希望朋友離開。

「伊吼！」她對著艾瑞克的背影大喊，輕輕揮手向他說再見。艾瑞克也揮揮手，然後就被奶奶扯著耳朵拖走，消失在遠方。

「哎喲！」

6 爸爸和媽媽

「直接上床睡覺！」回到有小露臺的家後，奶奶像可怕的巨人逼近艾瑞克，在餐桌旁對他說。「聽到沒？直接上床睡覺！」

她的嗓門很大，艾瑞克不可能沒聽到。「直接上床睡覺，不准吃晚餐！」

「可是——！」

「沒有可是！你老是這麼不聽話！」

艾瑞克從搖搖晃晃的椅子上站起來，踩著重重的腳步上樓。

躂！躂！躂！

第一扇門通往一個狹小、陰暗又潮溼的儲藏室，裡面堆滿奶奶的舊垃圾，現在成了艾瑞克的房間。他連學校制服都懶得脫，直接撲通一聲躺在床上，心裡好難過。他抱著枕頭，閉上眼睛，想像自己被爸媽夾在中間，三人來個溫馨的家庭抱抱。一個**夾抱**。

六個月前，他的父親在敦克爾克戰死。當時正值夏季，成千上萬名英國士兵被納粹德軍包圍，決定橫越法國緊急撤退，他爸爸就是其中之一。敦克爾克是法國北部的臨海城市，軍隊就是從那裡撤離，過程中有許多人慘遭敵軍殺害。

包含二等兵喬治．格洛特。

艾瑞克的爸爸過去是一名水電工——他也是因為這樣才認識了他的妻子。當時她的戶外廁所堵住，便打電話請他過來修。一九三九年，英國向德國宣戰，爸爸自豪地報名參軍，決心要為家園盡一分力，保護英國免受納粹入侵。可是他的軍旅生涯並沒有持續太久。他在法國經歷了多次激烈戰鬥，最後於敦克爾克遭遇不測。他撤離時坐的那艘船「格拉夫頓號」被納粹U型潛艇（又叫潛水艇）用魚雷擊沉了。

艾瑞克的媽媽收到電報時澈底崩潰。她親愛的丈夫走了。她哭了又哭，哭了又哭。艾瑞克很擔心她會被自己的眼淚淹沒，就像那些在敦克爾克溺斃的士兵一樣。看到媽媽這麼傷心讓他好害怕，感覺生活好像無法恢復正常了。奇怪的是，每天依舊有正常的事要做，例如吃早餐、刷牙、寫功課等等。爸爸去世後，媽媽變得比以往更堅決，努力投入戰爭工作，為國家服務。她在一家工廠替噴火式戰鬥機飛行員縫製降落傘。然而，悲劇再次降臨在年幼的艾瑞克身上。工廠在夜間遭納粹德軍炸毀。

沒有人活著出來。

上一秒媽媽還在那裡，下一秒就消失了。艾瑞克甚至沒有機會說再見；爸爸死掉時也是一樣。他覺得這個世界好不真實。他好像在夢裡——更確切地說是在噩夢裡，被困在水中，不管他怎麼大叫都沒有人聽見。

就這樣，艾瑞克成了孤兒。其他人倉促決定他應該和奶奶住在一起。問題是，奶奶不擅長跟小孩相處。

艾瑞克在奶奶家二樓的小儲藏室裡，窩在床上兩個枕頭之間，幻想這些枕頭是他的爸爸媽媽。儘管枕頭又溼又冷，他還是閉上眼睛。說不定，只是說不定——只要他夠專注，就會發現自己回到過去，被完美的**家庭夾抱**擁入懷裡。

他的白日夢在門打開的那瞬間宣告結束。

咿呀！

「我拿了一些麵包和肉汁給你。」奶奶說。

艾瑞克沒想到奶奶會來，立刻從床上坐起身，把枕頭推到一旁。他覺得剛才那樣被奶奶看到很蠢。

「哇，謝謝奶奶。」他開心地說。他喜歡麵包和肉汁。肉汁是熟肉滴下的油脂，拿來塗麵包很好吃。他狼吞虎嚥地吃著，奶奶則坐在他旁邊。

「艾瑞克，剛才對你生氣真的很抱歉，」她說。「這場戰爭很難熬。我失去了一個兒子，你失去了一個父親。當然，你也失去了母親。要是**你出了什麼事**，我真的承受不住。」

「我知道，奶奶。」艾瑞克滿嘴食物地回答，把麵包屑噴得滿地都是。祖孫倆都笑了起來。

「哈哈！」

他們很少一起笑。

「你早上可以吃這些麵包屑當早餐！」奶奶說。

艾瑞克不確定她是不是在開玩笑。

「好了，吃飽後馬上上床睡覺。我們昨晚在地鐵站幾乎沒闔眼。」

艾瑞克打了個呵欠。奶奶說得對。

「你明天早上要活力充沛、精神抖擻地去上學！」

艾瑞克無力地點點頭。他在學校從來感受不到活力。

「晚安，奶奶。」

「燕麥粥。」

「不是，我是說『晚安』！」

「沒必要大吼，親愛的！」

「晚安，奶奶。」

「晚安，孩子。」

奶奶不喜歡親親和抱抱，於是便輕拍艾瑞克的頭，就像一般人拍寵物那樣。

拍！拍！

然後她站起來離開房間，關上身後的門。

咿呀！

艾瑞克走到髒兮兮的小窗邊，抬頭望著夜空。只見天上一片漆黑，靜謐無聲。真怪。

今晚納粹轟炸機會回來嗎？

德軍連夜轟炸倫敦，頻率高到這場行動甚至有了專屬名詞。報紙稱之為「倫敦大轟炸」（the Blitz，源自德語，意指閃電）。希特勒打算逼英國向納粹德國投降。

艾瑞克凝望著被霜雪覆蓋的倫敦，思緒飄向葛楚德。今晚納粹轟炸機一定會再次發動攻擊。昨夜的空襲讓葛楚德痛苦難當。艾瑞克心底湧起一股深沉的渴望，想和她在一起。他很確定，要是今晚他能陪在她身邊，一切都會沒事的。

他深呼吸，鼓起勇氣打開窗戶。

唰！

接著，他想起葛楚德從繩子上溜下來的動作，有樣學樣地沿著排水管滑到地面，跑過黑暗空蕩的倫敦街頭。

7 企鵝便便

倫敦動物園位於攝政公園。這座公園是倫敦最遼闊壯麗的戶外空間之一，但晚上不開放，所以艾瑞克只好翻過欄杆入園。進到公園後，他繞著動物園外的圍籬走了好一陣子，想找到路進去。他發現前方有棵大樹，樹枝恰好垂到動物園裡。他再次換位思考，想著葛楚德會怎麼做，接著像大猩猩那樣手腳並用地爬樹。他從樹幹移動到樹枝，用跨坐的方式搖搖晃晃地前進。離樹幹愈遠，樹枝就愈來愈細。這時，無可避免的情況發生了。

啪！

樹枝應聲斷裂！

艾瑞克從樹上摔下來。

嘩！

「啊！」

撲通！

他掉進水裡了！

還不只這樣。

他感覺到有好多生物在他周圍窸窣游動。

他該不會跌進食人魚池了吧？

他會被活生生吃掉嗎？

艾瑞克拚命游到水面，吸了好大一口氣。

呼！

不對，那些動物比食人魚大得多，而且更加友善。

是企鵝！

「嘎！嘎！嘎！」

原來他掉到企鵝池裡了！這座水池才剛蓋好，裡面有溜滑梯和噴泉，比較像水上樂園。如果你是企鵝，那這裡很適合你；如果你是個小男孩，那就沒那麼讚了。

一大群毛皮光滑的企鵝圍著艾瑞克玩耍，不停啄他。有一隻甚至還站在他頭上。

「快下來！」艾瑞克溫柔地說，將那隻企鵝引到水裡，接著游到池邊，爬上溜滑梯。可是滑梯很滑，他又跌進了企鵝池。

噗通！

「嘎！嘎！嘎！」

這一次，艾瑞克直接游到水池邊。一個熟悉的聲響竄進他耳裡。

鏗啷！鏗啷！鏗啷！

是席德。

「你在水池裡幹嘛？」席德喊道。

「游泳！」艾瑞克大聲回答，想輕描淡寫地掩飾過去。

席德生氣地搖搖頭。「在那裡等我！」

鏗啷！鏗啷！鏗啷！

周遭安靜了好一會。過沒多久，席德便拿著一枝長柄撈網回來。他都用這枝網子來撈企鵝便便。

「抓住網子！」

艾瑞克乖乖照辦。席德把他從水池裡拉上來。

「你全身都溼透了！」席德說。

「游泳就是會這樣啊。」艾瑞克回答。

「這麼晚了，你來動物園做什麼？園區早就關門了！」

「我很擔心葛楚德。她今天看起來受到很大的驚嚇。」

「她是被嚇到沒錯，但是小子，你現在應該在床上睡覺才對！」

「你也是啊！」艾瑞克回嘴。

席德停下腳步。「我知道，但我很確定德軍會再度發動空襲。過去幾週，他們一直連夜轟炸倫敦。我想留在這裡照顧動物！」

「**我也是！**」艾瑞克大叫。

席德抬頭望著天空。「現在雲層裡沒什麼動靜。你該回家了！」

好巧不巧，空襲警報就在這個時候響起。

嗚——呼——

「看來我話說得太早，」席德咬牙低聲說。「跟我來。」

席德抓住艾瑞克的手，帶他穿過動物園。

鏗啷！鏗啷！鏗啷！

園區雖然因為夜間燈火管制而一片漆黑，卻比以往還要吵。所有動物都被空襲警報驚醒了。

「吼！」

「嗚嗚……」

「嘶嘶！」

「吱咿！」

「呱呱！」

「呼呼！」

「這裡只有我們嗎？」艾瑞克緊抓著席德的手問道。

「沒有，還有夜間警衛巴特，應該說巴特下士，因為他要求大家這樣叫他！我們得小心點，別被他發現。他是天黑後唯一該留在動物園的人。」

艾瑞克聽見遠方傳來嗡嗡聲，接著是隆隆巨響，最後是一連串轟鳴，納粹戰機以整齊的隊形劃過夜空。

第一枚炸彈在空中呼嘯而過。

然後是第二枚。

第三枚。

爆炸聲此起彼落。

倫敦處處閃爍著火光。

探照燈掃過天空，架設在地面的大炮

開始對納粹戰機開火。

消防車的警鈴響起。

叮！叮！叮！

艾瑞克隱約聽到人群尖叫和吶喊的聲音。

「啊！」

「救命啊！」

「快跑！」

他心跳加速。

噪音。

火光。

殘骸。

另一枚炸彈爆炸，感覺比上一枚更近。

轟！
又一枚！
再一枚。
轟！
轟！
大象舉起象鼻鳴叫。
『嗚！』
駱駝直起後腿呻吟。
「嗚呼！」
獅群在岩石間跳躍咆哮。
「吼！」

其中最悲傷的聲音來自大猩猩的籠子。

葛楚德用大手摀住兩隻大耳朵，想把炸彈的轟隆聲隔絕在外。每爆炸一次，她就尖叫一聲……

「啊！」

……同時身體左右搖晃。

艾瑞克掙脫席德的手，衝向籠子。

「啊！」

「葛楚德！」艾瑞克吶喊，但葛楚德不敢睜開眼睛。

「葛楚德！」

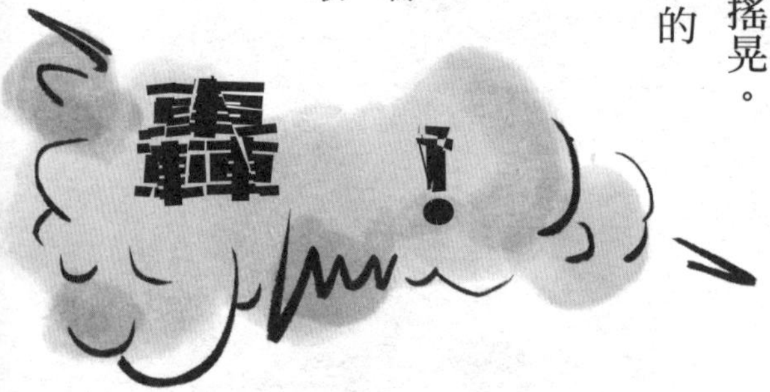

「葡萄乾！」艾瑞克大叫。

「你說什麼？」席德氣急敗壞地說。他沒想到艾瑞克居然會在這個節骨眼上跟他要葡萄乾。

「葡萄乾！她喜歡吃葡萄乾！當然還是比不上香蕉啦，但現在又買不到香蕉，說不定給她一把葡萄乾能安撫她的情緒。」

「沒錯！」席德同意。「你這孩子真聰明，將來一定會成為很棒的動物保育員！」

「大概吧！」艾瑞克笑容滿面地說。

「可是這麼晚了，要去哪裡找葡萄乾呢？」

「點心販賣部應該有！」

「可是我沒錢啊！」

「不用錢，販賣部關門啦！」

「關門了？那我要怎麼進去？」

「闖進去啊！」

艾瑞克吞了一口口水。他沒闖過空門，從來沒有，也希望這輩子永遠不用這麼做。

「從窗戶爬進去！」席德大喊。「抓點葡萄乾，然後快跑！」

8 嚇到動彈不得

納粹炸彈落下的地點離動物園愈來愈近。

艾瑞克去過動物園很多次，就算摸黑他也知道怎麼走。過沒多久，他就找到販賣部，爬上大型垃圾桶，硬是打開一扇側窗。他溜進屋裡，在黑暗中胡亂摸索，終於找到一大包葡萄乾。雖然他很想順便拿些糖果，但他忍住了。接著，他用椅子充當梯子，從窗戶爬出來，跳到垃圾桶上。

砰！

艾瑞克瞥了那包葡萄乾一眼，發現袋子上有道裂縫。一定是被窗框上的小鉤子鉤破了。他一邊朝大猩猩的籠子跑去，一邊努力不讓葡萄乾掉出來。炸彈如雨點般落在四周。

「我拿到葡萄乾了，席德叔叔！」艾瑞克氣喘吁吁地喊道。

葛楚德依舊摀住耳朵晃個不停，難過地尖聲大叫。

「啊！」

「你有吃嗎？」席德覺得袋子很輕，忍不住懷疑。

「沒有，袋子破了，掉了一些在路上。」

「說得跟真的一樣！」

「就是**真的**啊！」

席德將注意力轉向大猩猩。

「好了好了，葛楚德，快過來！妳朋友帶了美味多汁的葡萄乾來喔！」

轟——！

艾瑞克從袋子裡拿出一顆葡萄乾，從金屬欄杆之間的空隙塞進去。

這是目前為止離他們最近的一次轟炸，聲音比之前更大。他們能感覺到爆破的力量。炸彈一定是落在攝政公園裡了。飛揚的塵土不停打在葛楚德身上。

可憐的大猩猩嚇得魂飛魄散。她放聲尖叫，叫個不停……

「啊！啊！啊！」

……在籠子裡瘋狂亂竄。

「別這樣！」眼前的畫面讓艾瑞克嚇得大叫。葛楚德並沒有如他所願拿走葡萄乾，反而用頭猛撞籠子，把欄杆都撞凹了。

咻！啪！噗！

砰！砰！砰！

「快阻止她！」艾瑞克懇求。

席德臉上同樣寫滿擔憂。顯然他之前從未見過葛楚德出現這種行為。

「只是一場暴風雨而已，葛楚德！」席德撒謊。

砰！砰！砰！

「啊！」

葛楚德跳到籠子中間，抓住綁在金屬籠頂欄杆的繩索使勁拉。

「她在做什麼？」艾瑞克大叫。

「她想出去！」席德回答。

大猩猩用力扭絞繩索，籠子頂部應聲脫落，只剩一邊還跟側面焊接在一起。

砰！

整片籠頂就這樣掉進籠子裡。

噹啷！

籠頂傾斜落下，形成一個坡道，葛楚德便抬起大腳，重重踏上金屬欄杆。

艾瑞克和席德帶著驚嘆又害怕的心情看著站在籠子頂部的大猩猩。她捶打胸口，發出一聲威猛的嚎叫，身形輪廓在滿月的映襯下顯得格外清晰。

艾瑞克和席德能感覺到炸彈釋放出來的熱氣。

看樣子炸彈投進動物園了。野餐區裡有棵大樹忽然起火燃燒。

轟！

溫度高得嚇人。

艾瑞克以為自己會被活活燒死。

動物園開始冒出紅色、橘色和黃色火舌，濃濃的黑煙籠罩夜空。

葛楚德從籠頂上跳下來，隨著一聲巨響落地。

砰！

眼看這隻龐然大物搖搖晃晃地朝他走來，艾瑞克嚇得僵在原地動彈不得。葛楚德直視他的臉，眼裡盈滿深沉的哀傷。

「不要叫！」席德小聲提醒。「也不要突然有什麼動作！」

艾瑞克緩緩點頭。

「只要安靜不動就沒事了……」

大猩猩非常**強壯**，能把人類的手臂扯下來。

艾瑞克很清楚這一點。

但葛楚德是他的朋友。儘管他們之間隔著籠子欄杆，那種特殊的情感連結依舊存在。

如今欄杆消失了。

他們面對面站著。他甚至能感受到她溫暖的鼻息噴在臉上。

艾瑞克突然有種奇怪的感覺，好像喜悅和恐懼混雜在一起，只是前者比後者更強烈。他揚起微笑。

葛楚德喜歡模仿艾瑞克，所以她也綻出笑容，露出牙齒和兩側長長的尖牙。

「好了，葛楚德，乖乖聽話。」旁觀的席德輕聲說。大猩猩立刻噘起嘴，似乎要給艾瑞克一個吻。艾瑞克看過幾部有浪漫愛情戲的電影，注意到很多大人接吻時都會閉上眼睛。所以他也照做。

噗！

原來葛楚德不是要親他，而是嘟嘴發出噗噗聲！

「噗—！」

一個響亮又溼答答的嘟嘴噗噗。那是艾瑞克當天第二次被大猩猩噴得滿臉口水，但他一點也不介意。

「哈哈哈！」

他放聲大笑，葛楚德也笑了。

「哈哈哈！」

「你們兩個！」席德咯咯輕笑。「來吧，葛楚德，我們帶妳回……呃，沒屋頂的籠子。」

說完他便牽住大猩猩的手。

「說晚安，艾瑞克。」席德表示。

「晚安，艾瑞克，」艾瑞克重複。「等一下，我就是艾瑞克啊！」

「我的意思是要你跟葛楚德說晚安，你這個傻瓜！」

「晚安，葛楚德！」

「好多了，」席德抬頭望著夜空。納粹德國空軍的飛機再次化為遠方的嗡鳴。

「走吧，老太太！」

「我來幫你！」艾瑞克急忙牽住葛楚德另一隻手。

這時，忽然傳來一聲槍響。

砰！

一顆子彈咻地掠過他們頭頂。

「啊！」葛楚德尖叫。

她甩開席德和艾瑞克的手，兩人不小心摔倒。

碰！碰！

「啊！」

「糟了！」他們放聲大叫，看著葛楚德衝進漆黑的夜。

砰！

砰！

砰！

9 巴特下士

雖然德軍的空襲已經結束了，但槍聲再次讓園裡所有動物嚇了一跳。

「吼！」

「嗷嗚～！」

「嗚嗚！」

「呼呼！」

「咿哈！」

「你到底在幹嘛？」席德大發雷霆。

艾瑞克從沒見過席德這麼生氣。

他對著遠處一個矮胖的身影大吼，那個人正匆匆朝他們跑來。

「巴特！」席德叫道。

「是巴特下士！」

巴特下士是倫敦動物園的夜間警衛。他在第一次世界大戰時升為下士，此後就一直使用這個頭銜。下士的軍階低於中士，略高於准下士。沒錯，這是一項成就，但只有特定類型的人會在餘生中每天提醒別人自己有什麼頭銜，一天講一百次都不嫌累。

巴特就是這樣的人。

巴特下士的職責是確保動物晚上不會從籠子裡逃出來。倫敦大轟炸期間，炸彈隨時都有可能落在動物園，摧毀籠子和圍欄，導致：

一隻河馬跑出來，在牛津街上搖搖擺擺地閒晃，尋找特價商品……

「呼呼！」

或是一隻逃亡的老虎跳上雙層巴士……

「吼！」

或是一頭逃跑的犀牛衝向唐寧街十號，撞爛首相家的門！

砰！

納粹轟炸行動開始之初，倫敦動物園的獸醫納爾小姐就讓所有毒蛇和蜘蛛安樂死。這些生物很有可能潛入倫敦居民家中，像炸彈一樣害死他們。

想像一下：你坐在馬桶上，結果有隻毛茸茸的大蜘蛛咬你的屁股。

「哎喲！」

或是半夜躺在床上，有條毒蛇爬進你的褲管。

「啊！」

因此，巴特接到命令，晚上一看到有危險動物逃出籠子，就立刻開槍。大猩猩可說是再危險不過了。然而，席德和艾瑞克很確定葛楚德連一隻跳蚤都不會傷害。呃，嚴格來說這不是真的。要是發現毛皮上有跳蚤，葛楚德會把牠拔出來吃掉。總而言之，比起傷人，這隻大猩猩更喜歡嘟嘴發出噗噗聲。

「我……那個……呼……」巴特下士終於來到他們跟前，上氣不接下氣。

「怎樣，老兄，說出來啊！」席德追問。

「我……呼……那個……呼……好呼……」巴特語無倫次地說。

「『好呼』是什麼意思？」艾瑞克問道。

「我猜他只是想喘口氣！」席德回答。

「我……呼……肋骨兩側……呼……好痛！」他緊抱著肚子說。

「哦，那不就很痛！」席德語帶嘲諷地說。「你差點殺了我們耶！」

「我是對猴子開槍！」

「大猩猩不是猴子——是猿類！」艾瑞克抗議。

「有差嗎！」巴特氣沖沖地說。

「有，差很多！再說你不能對葛楚德開槍。她是我的朋友！」

「我有上級的命令！」巴特反駁，接著扣動步槍扳機。

喀噠！

「把槍拿開，你這個蠢貨！」席德邊說邊把槍口往下推。

「我愛什麼時候用槍就什麼時候用！我是戰爭英雄，記得嗎，二等兵席德·普拉特？你不是！你在戰場上連一天都撐不下去！」

席德羞愧地低下頭。巴特說得沒錯，他的錫腿就是最好的證明。

巴特將注意力轉向艾瑞克。

「至於你，你根本不應該在這裡！一個小孩子半夜溜進動物園！這是不被允許的！」

「是我的錯，巴特，」席德跳出來解釋。「他是我的家人！」

「是巴特下士！我一定會向費德里克·佛朗爵士報告這件事！現在別擋路！我還有隻逃跑的猴子要抓！」

他推開二人，朝大猩猩跑走的方向前進。

艾瑞克看著席德，眼裡噙滿淚水。「他該不會真的要殺她吧？」

「他會試著這麼做！」席德說。

「那我們要阻止他才行！」艾瑞克哭喊。

10 粗俗的魔術

要在夜深人靜時尋找一隻逃跑的大猩猩並不容易。剛才那場空襲驚醒了園裡所有動物。雖然納粹戰機已經飛往德國，動物們的情緒還是很激動。

鸚鵡嘰嘰喳喳叫個不停。

「嘎嘎！」

獅子放聲咆哮。

「吼！」

大象舉鼻嘶鳴。

「嗚嗚！」

所以光是用聽的很難判斷葛楚德的位置。

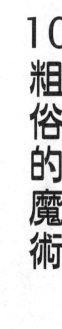

不過艾瑞克想到一個點子！

巴特一消失在遠方，艾瑞克就抓住席德的手。

「跟我來！」他用氣音說。

「等等我！」席德拖著腳，鏗啷鏗啷地跟上。

「對不起，我忘了你戴著義肢。」艾瑞克道歉。

「有時我也會忘記，要到它們生鏽才會想起來！」

鏗啷！鏗啷！鏗啷！

剛才艾瑞克闖入動物園的點心販賣部幫葛楚德拿葡萄乾。他爬出販賣部的窗戶時，那包葡萄乾被鉤破了。槍聲嚇壞了葛楚德，但若她仰賴鼻子的引導，很有可能會跟著掉在地上的美味水果走。艾瑞克和席德沿著之前的路徑往回找，但就算用席德的手電筒照，依舊不見葡萄乾的蹤跡。會不會被鴿子吃掉了？

或許，只是或許，不是鴿子，而是更大的動物？

兩人匆匆經過紅鶴區，繞過狐獴區，沿著疣豬區來到販賣部。先前艾瑞克強行打開的那扇窗戶正在風中晃個不停。

喀啦！喀啦！喀啦！

「你是不是覺得她在裡面……」席德問。

「噓！」艾瑞克要他別出聲，然後點點頭。

兩人踮著腳悄悄走到窗前。果然，葛楚德就坐在那裡，周圍環繞著亂七八糟的食物堆，到處都是袋子和包裝紙。她一下狂灌汽水，一下大嚼散落一地的水果軟糖。

「**嗝！**」葛楚德打了個嗝，聲音如雷般響亮，就連她自己也很錯愕。這隻大猩猩顯然沒喝過汽水。

「**哈哈！**」躲在窗外的艾瑞克和席德忍不住大笑。

葛楚德嚇了一跳，立刻抬頭。

『咯？』她發出咯咯聲。

「噓，葛楚德！是我們！」艾瑞克低聲安撫，接著衝向門口。

「鎖住了！」他說。

「我沒有鑰匙！」席德回答。「我們要怎麼在巴特發現她前把她安全送回籠子裡呢？」

「我們得從窗戶爬進去！」

「我都**這把年紀**了耶？」席德沒好氣地說。

「我會幫你。來，我把你撐上去。」

席德嘆口氣，喃喃自語了幾句。艾瑞克聽不清楚他說什麼，感覺像是大人有時不准小孩說的那種髒話。

艾瑞克將雙手併成搖籃狀，示意席德踩上去。他看過西部片裡的牛仔這樣上馬，看起來很簡單嘛！然而，艾瑞克並不是高大健壯的牛仔，席德也不是，他的老舊錫腿更幫不上忙。一陣搖晃後，可憐的席德就從敞開的窗戶跌下來，褲子後面被鉤子鉤住了。

咻！

隨著身子滑落，席德的褲子和底褲[2]也被往下拉，看起就像變魔術，一個很**粗俗**的魔術。

「啊！我的屁股！」席德失聲驚呼，落在凌亂的雜物堆上。

照理說艾瑞克此時應該要一臉嚴肅、關心席德才對，但他完全沒辦法，反而還爆出大笑。

「哈哈哈！」

不是笑聲很有感染力，就是葛楚德覺得布滿皺紋的老屁股很有趣，因為她也突然放聲大笑。

「呵呵呵！」

要是你沒看過大猩猩笑，只能說那個畫面很美妙！

他們笑得前仰後合，露出牙齒，還用力跺腳。

碰！碰！

「呵呵呵！」

2 內褲的意思。請參閱《威廉大辭典》。

「快來幫我！」躺在地上的席德大喊。

艾瑞克把鉤住的褲子解開，從窗戶爬進去，把席德扶起來……

鏗啷！鏗啷！鏗啷！

……然後兩人慢慢走近大猩猩。

「嗝！」她又打嗝了。

一股氣味竄進艾瑞克鼻子裡。

「噁！」他忍不住抱怨。「大猩猩打嗝的味道**好臭喔！**」

「等你聞到另一個孔跑出來的味道，肯定會嚇一跳！」席德說。「那才叫臭咧！」

「哈哈！」艾瑞克笑了起來。任何跟放屁有關的事他都覺得好笑。

「那我們要怎麼把葛楚德送回籠子裡呢？」

「這個嘛……」席德仔細查看四周。葛楚德狼吞虎嚥地吃著，看起來很滿足。

『嗝！』

這個飽嗝臭到能熏死人。

「我想到了！」艾瑞克大喊。「如果葛楚德跟著葡萄乾來到這裡，或許也能跟著葡萄乾走回去！」

「太好了！」

艾瑞克露出驕傲的笑容，接著環顧販賣部，想找更多葡萄乾。只可惜全都被葛楚德吃光了，只剩下一包。艾瑞克抓起最後一包葡萄乾，在大猩猩面前搖晃。

「葛楚德！」他用唱歌般的語調說。大家在對動物說話時都會自動變成這種口氣。「好吃香甜的葡萄乾哦！」

「我來看看能不能把門打開！」席德說。他不想再度冒著褲子掉下來、讓全世界看到他屁屁的風險。他在置物架上找到備用鑰匙，打開販賣部的門。

喀啦！

「好啦！」席德轉身對艾瑞克和葛楚德說。

「葡萄乾！」艾瑞克繼續喊。「美味多汁的葡萄乾！」

他邊說邊在葛楚德腳前撒了幾顆葡萄乾。

正如他所預料的，葛楚德站了起來，搖搖晃晃地走向他們，沿路撿起葡萄乾吃下肚。

艾瑞克露出微笑。一切都在計畫之中！他又撒了一些葡萄乾，一路撒到門口。席德得意地站在門邊敬禮，準備像豪華飯店的門房一樣替他們開門。

「夫人，這邊請！」他一邊開門，一邊尖著嗓子說。

沒有人發覺門外站著一個身影——是巴特！

那名老兵扣動步槍扳機，準備開火……

11 砰！

「不！」艾瑞克放聲尖叫，一個箭步擋在葛楚德和步槍之間，打掉巴特手中的步槍。

砰！

槍聲響起。子彈射穿了販賣部的屋頂。

碰！

「嗚嗚！」葛楚德大喊。

她嚇壞了，飛也似地衝向巴特……

迎頭撞在一起。

碰！

巴特和葛楚德雙雙倒地，昏了過去。

「孩子，你到底在想什麼啊？」席德嚷嚷。

「我只是想救葛楚德！」艾瑞克回嘴。

「你可能會死！**死掉耶！**」

「對不起。」

「現在我們麻煩大了！」

艾瑞克低頭看著趴在地上的巴特和葛楚德。

「他們應該沒事吧？」他問道。

「你說葛楚德還是巴特？」席德反問。

「呃——」艾瑞克猶豫了一下。「葛楚德！」

「快點！我們得把他們倆弄出去！」

他們也真的這麼做了。他們找到一輛通常用來在園區裡載運糞便的大型手推車。

「**女士優先！**」席德說。他們費了好大的力氣才把葛楚德抬上去，推回籠子裡。他們認為那裡對她來說最安全，就算籠頂壞了也一樣。

席德和艾瑞克先解開繩索，綁在籠頂上，再用旁邊一棵樹的樹枝充當滑輪，將籠子頂部吊起來放回原位，綁在樹幹上加強固定，以免再次掉落。除此之外，他們還在上頭鋪了一些乾草和樹枝來掩蓋損壞的地方，這樣就看不出來籠頂哪裡被扯掉了。

最後，他們把葛楚德推進籠內，輕輕將她從手推車裡抱出來，放在稻草床上。

大猩猩開始打呼。

「呼嚕！呼嚕！呼嚕嚕！」

「她睡覺時看起來很平靜。」艾瑞克說。

「我們最好在她甦醒前離開，」席德表示。「她頭上腫了一個大包，醒來時可能會心情不好！」

「葛楚德從來不會心情不好。」

「是沒錯，但我們還是待在籠子外面最安全。快點！」

艾瑞克在好友的額頭上親一下，當作晚安吻，就像他爸媽從前對他做的那樣。

「祝妳好夢！」他說。

他們踏出籠子時，動物園上空已漾著黎明曙光。太陽逐漸升起，只見倫敦城到處冒出濃密的黑煙。想必這是開戰以來規模最大、受創最嚴重的一場空襲。一夜接著一夜，一棟房屋接著一棟房屋，倫敦被德軍狂轟濫炸，夷為平地。就算那些炸彈沒有造成傷亡和破壞，爆炸引發的大火也會吞噬一切。

如今城裡許多建築物只剩下焦黑的軀殼。艾瑞克抬頭望著被煙霧熏黑的天空，覺得自己還活著真的很幸運。雖然他本該躺在奶奶家床上睡覺，但到頭來，動物園或許是最安全的地方。

艾瑞克和席德必須火速行動。再過不久，就會有愈來愈多動物園員工出現。他們一定會問為什麼夜間警衛呈大字形躺在地上。

他們終於回到點心販賣部，準備處理巴特，卻發現巴特和他的步槍都不見了。

「他跑了！」艾瑞克大叫。

「沒有，我還在呢！」巴特邊說邊從陰影處走出來。

「你們兩個麻煩大了！」

12 大麻煩

他們在被關在巴特的小屋裡，感覺似乎過了好幾個小時，接著就被帶到園長辦公室。辦公室以橡木鑲板裝潢，裡面掛著幾幅油畫，還有前任園長的半身雕像。佛朗一項一項地列舉他們倆做的壞事，清單長到不行，艾瑞克滿腦子只想尿尿。

「夜闖動物園兒；未經許可，擅自將一名孩童帶進動物園兒；攻擊工作人員兒；讓一隻危險動物於夜間在園區遊蕩；最後，闖進販賣部偷葡萄乾兒！」

佛朗的高級腔讓艾瑞克忍不住偷笑。

「厚顏無恥！」佛朗大怒。「孩子，真該有人用傳統的體罰方式好好教訓你一頓兒！為什麼你身上有企鵝味兒？」

艾瑞克的衣服還是溼的。「我掉進企鵝池裡了。」

「掉進企鵝池裡！荒唐！你可能會溺水兒！你讓我很頭痛，真的。你的父母在哪兒？」

艾瑞克垂下頭。現在他笑不出來了。「他們都死於戰爭，先生。」

聽到這裡，佛朗的態度瞬間軟化不少。「我很遺憾。」

「謝謝你，先生。」

「但是，我的天兒！這可不行。完全不行。不管你是不是孤兒，這是你二十四小時內第二次在我的動物園兒裡闖禍！」

「對不起，先生。」

「嗯，錯不完全在你。你是被他帶壞兒的。」
他用力指指席德。現在換他低下頭了。
「對不起，先生。」席德低聲咕噥。
「**光是道歉還不夠**。你是這兒最資深的動物保育員兒，卻破壞我對你的信任，而且不是一次，是兩次。你無權留在動物園兒裡過夜！」
「我只是想在空襲期間照顧所有動物！」
「那不是你的責任，普拉特兒。巴特——」
「先生，可以的話請叫我巴特下士。」站在角落的巴特插嘴糾正，神情非常得意。
佛朗翻了個白眼。「巴特下士奉命處理夜間脫逃的動物，你卻阻止他這麼做。想像一下，要是有隻大猩猩兒跑到倫敦街頭，引發騷亂兒怎麼辦？」
艾瑞克開始想像各種畫面。
艾瑞克不禁揚起微笑。一隻大猩猩兒引發騷亂兒感覺很好玩！
「**會一片混亂！**」佛朗做出結論。「那隻大猩猩兒會威脅到民眾的安全兒！」

葛楚德爬上
納爾遜紀念柱

葛楚德坐在海德公園
長椅上看報紙

葛楚德模仿首相，
在唐寧街十號門口揮手

葛楚德緊抓著
大笨鐘的指針不放

葛楚德站在聖保羅大教堂
的圓頂上
葛楚德開倫敦計程車
葛楚德買票搭地鐵
葛楚德在特拉法加廣場
餵鴿子
葛楚德在超奢華的
克拉里奇飯店喝下午茶
葛楚德在白金漢宮花園裡
和英王喬治六世一起打槌球

「我比誰都了解她！葛楚德是個性溫和的大塊頭，一點也不危險！」艾瑞克忿忿不平地說。

「那隻大猩猩能把你的手臂扯下來！」巴特大喊。

「那艾瑞克就會變成無臂男囉。」席德打趣地說。

「這種時候適合開玩笑嗎？」佛朗怒斥。

「我只是想讓氣氛輕鬆一點，先生！」

「不必，這可不是鬧著玩兒的。那隻大猩猩兒把籠子弄壞了！我不能讓牠留在這兒！至於你，孩子，你還小——不了解這些動物！」

這句話刺痛了艾瑞克的心。雖然他不是博學多聞的動物專家，但他的確和牠們建立起特殊的情感關係。尤其是他最親愛的葛楚德。

「巴特，去叫我們的獸醫納爾小姐過來，替大猩猩兒安樂死！」

「遵命，先生！」巴特咧嘴一笑，沾沾自喜地離開園長辦公室。

「不——」艾瑞克放聲大叫。

13 納爾小姐

「拜託不要，拜託！求求你！」艾瑞克拚命央求。

「你不能讓葛楚德安樂死！她是我最好的朋友！」

他嚎啕大哭。

「我才是動物園兒的老闆，不是你！這是解決**那隻野獸**唯一的辦法！」佛朗厲聲說。

他掏出西裝背心裡的金色懷錶查看時間。

「孩子！你該去上學兒了！快回家吧。我要跟你外叔公談談！」

席德吞了一口口水。

咕嘟！

他很清楚接下來會發生什麼事。

「他會怎麼樣？」艾瑞克用溼答答的袖子擦去淚水，嗚咽問道。

「不關你的事兒。請你馬上離開，別再回來了。我**再也不想**在我的動物園兒裡看到你！你這個小流氓，我已經警告過你了！」

「我不會讓你傷害葛楚德！絕對不會！」

這時，一個穿著皺巴巴白袍、身材魁梧的小姐大步走進辦公室。跟在後面的巴特在她身旁顯得格外矮小。她戴著單片眼鏡，雙眸墨黑如夜，灰白的頭髮像鳥巢一樣亂七八糟；每次咧嘴獰笑，都會露出你這輩子見過最黑的牙齒。另外，她手裡還拿著一支針筒，裡面裝著奇怪的紫色液體。

「啊，早安，納爾小姐！」佛朗語調輕快地說。

「吼！」納爾小姐用低沉的咆哮回答。

那驚人的嗓音讓艾瑞克渾身發抖。

「這麼做我也很難過，但我要妳替大猩猩兒安樂死。」佛朗說。

「吼吼！吼！吼！吼吼吼！」納爾小姐回答。

「她說什麼？」佛朗皺起眉頭。

「先生，讓我來替你翻譯一下！」巴特自告奮勇。「我已經學會說納爾語了。她說：**這是我的榮幸，佛朗爵士。**」

「太好了！」佛朗嘴上應和，臉上卻露出懷疑的表情，似乎不太相信她真的這麼說。「謝謝！」

獸醫舉起針筒，一雙黑眼睛因為高興而睜得好大，接著轉身走向門口。

「不是現在！」佛朗連忙阻止。「等今晚動物園兒關門後再做。別讓遊客看到這種事兒。小朋友可能會難過。」

「吼吼吼！吼！吼吼！」納爾小姐搖搖頭，再次咆哮，看起來不太同意園長。

「她說什麼？」佛朗又問。

「納爾小姐說：**可是我喜歡讓小朋友難過，先生。**」巴特翻譯道。

「我知道，納爾小姐，但這是我的命令！等今晚動物園兒關門，妳就可以讓大猩猩兒安樂死！」

「不！」艾瑞克大喊。「求求你！不要！」他絕望地跪倒在地，淚水刺痛了他的眼睛。「拜託不要這樣！你不能殺葛楚德！她是園區裡最善良、最溫柔的動物！如果她會說人類的語言，我知道她會向你保證，永遠不再逃出籠子！」

「我不想再聽這些有的沒的！」佛朗說。「孩子，我要你永遠離開我的動物園兒！」

「可是——可是——可是——！」

「快走！」佛朗大吼。

席德點頭示意艾瑞克離開。艾瑞克垂下頭，他沒辦法看著佛朗爵士、巴特或可怕的納爾小姐。他無精打采地走出辦公室，關上身後的門，覺得好沮喪。出乎意料的是，走廊裡空無一人。他決定在那裡逗留，將耳朵貼在鑰匙孔上。

「席德．普拉特兒！」佛朗大聲說。「你被開除了！」

「可是，先生……」席德懇求。「我這一生都獻給了倫敦動物園啊！」

「沒有『可是』！」

「沒有人能像我一樣悉心照顧這些動物！」

「如果你對照顧動物的認知是讓牠們在園區裡還有小孩兒時從籠子裡跑出

來，那你最好別在動物園兒裡工作！」

「先生？」

「巴特！馬上送他離開動物園兒！」

「我很樂意，先生！」巴特大聲回答。

「納爾小姐，我們閉園後見！」

「吼！吼吼！吼！吼吼吼！吼吼！吼！吼吼！吼吼

吼！吼！吼——！」

「她說什麼？」佛朗問道。

「『好！』」巴特立刻翻譯。

艾瑞克聽見席德的義肢鏗啷作響，朝門口走來。

鏗啷！鏗啷！鏗啷！

他飛快跑過走廊，躲到轉角處，難過地看著席德被巴特帶出辦公室。

艾瑞克決定聽從自己的心，躡手躡腳地去看葛楚德。這會是他最後一次見到她嗎？現在時間還早，動物園尚未對外開放。薄霧逐漸散去，他來到大猩猩的籠子前。

葛楚德的身體在動。

「葛楚德！」艾瑞克用氣音叫她。「葛楚德！」

聽到好友的聲音，大猩猩立刻坐起身。她從頭到腳沾滿稻草，看起來很滑稽。一見到艾瑞克，她便露出笑容，完全不知道自己即將面臨殘酷的命運。

「呵呵！」大猩猩喊道。

「噓！」艾瑞克豎起食指抵住嘴脣，要她小聲點。他可不想被巴特發現。

大猩猩也把她粗得像香腸的手指放在嘴脣上。艾瑞克忍不住笑了起來。

「我愛妳，葛楚德。真的好愛妳。」他說。

大猩猩歪著頭，彷彿努力試著理解艾瑞克說的話。

艾瑞克再度嘗試。這一次，他用比手畫腳的方式來表達。

他摸著心口，將手伸向籠子。

令人驚訝的是，葛楚德也做出一樣的動作。她把手放在心上，隔著金屬欄杆輕碰艾瑞克的手。他們掌心相觸那一刻，淚水在艾瑞克的眼眶裡打轉。「這不是永別，絕對不是。我會想辦法救妳，葛楚德。相信我，

我一定會想辦法的。」

他摸索褲子口袋，掏出最後一顆葡萄乾，從欄杆空隙塞進去。

大猩猩接過葡萄乾，搖搖頭，又遞回給他。艾瑞克張開嘴巴，她便把葡萄乾放進他嘴裡。

艾瑞克嚼著葡萄乾，臉上掛著微笑。葛楚德也笑了。

就在這個時候，大猩猩臉上掠過一絲擔憂。艾瑞克感覺到有隻手壓著他的肩膀。

「你！快給我滾！」

他立刻轉身。是巴特。

巴特不發一語，押著艾瑞克從大猩猩區走向出口處。艾瑞克轉頭望著葛楚德，再次把手放在心上。葛楚德也做出同樣的舉動。

這**不是**永別。

絕對不可能。

14 助聽筒

巴特下士把艾瑞克扔出園區大門，好像他只是一袋垃圾似的。

哼！

「不准再來了！」巴特對從地上爬起來的艾瑞克大吼。

艾瑞克什麼也沒說，一路狂奔回家。奶奶很快就會起床了，要是發現他沒乖乖躺在被窩裡，她一定會很擔心。

艾瑞克跑過街角，來到他住的那條街，卻看見一些奇怪的事，怪到起初他還以為自己在做夢，更確切地說是噩夢。他和奶奶住的那棟有小露臺的房子不在那裡

眼前只有一堆還在悶燃的破瓦頹垣，一排房屋間冒出一個大洞。屋頂塌了下來，一樓也毀得差不多，磚瓦和家具散落一地。

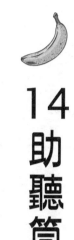

那是老舊的錫製浴缸嗎？還是扶手椅？或是矮邊櫃？

一切都亂七八糟，被火燒得焦黑。

現場有一輛消防車，消防員正在捲收消防水帶，顯然已經盡力了。一群民眾站在那裡圍觀；有人彼此相擁，有人嗚咽啜泣，還有人喃喃低語，看起來很傷心。

「可憐的格洛特老太太。」

「她在那裡住了五十年，不該遭受這種厄運。」

「爆炸是一瞬間的事。**砰**！她當下應該不知道自己被什麼東西擊中。」

「我要詛咒希特勒！要是有機會，我一定會往他鼻子揍一拳！」

「最讓我難過的是那個小男孩。」

「哦，對，那個男孩！他才剛搬過來呀！」

「沒錯！她的孫子艾瑞克。」

「他幾歲了？十歲？還是十一歲？」

「可憐的孩子，他還有大好人生呢。」

「他也失去了爸爸媽媽。真的很苦命。」

「他們全家在天堂相聚了。」

走近人群後，艾瑞克才意識到他們其實是在談論他。他有種古怪的感覺，好像在參加自己的葬禮。他們一定是以為他和可憐的奶奶被埋在瓦礫堆下——如果他昨晚沒偷溜下床去動物園幫席德，他就會被埋在那裡。

他在斷垣殘壁中找到奶奶的助聽筒。

它就像其他東西一樣被壓壞了。

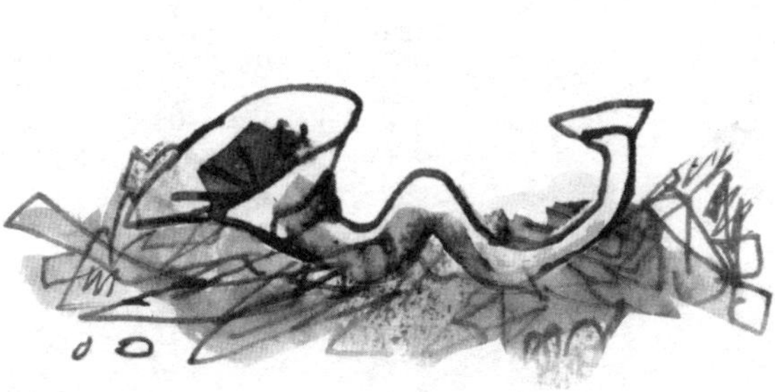

15 蜷縮成一團

艾瑞克的胃一陣翻攪，覺得好想吐。他應該在家陪奶奶的。如果他沒溜出門，說不定能救她。奶奶有嚴重的聽力問題，她一定是沒聽到空襲警報。艾瑞克忍不住放聲大哭。他不但在這場殘酷的戰爭中失去了父母，現在還失去了奶奶，再來還要失去世界上最好的朋友。艾瑞克哭得好厲害，圍觀群眾紛紛轉過來看著他。

「是他！」

「是艾瑞克！」

「真是奇蹟！」

「謝天謝地！」

「他沒事！」他們高喊。

人群蜂擁而上，熱切地擁抱他，還把他抬起來高舉空中，好像他是遊樂園獎品。艾瑞克個性害羞，不喜歡這樣。

「這小傢伙**還活著！**」

「活下來的男孩！」

「感謝上帝！」

「你來跟我一起住吧！」

「不行，來跟我住！」

「我來收留那個男孩！我有養貓，他喜歡動物！」一位老人開口。

「他愛死動物了！我有一隻兔子！雖然我們打算拿牠來當晚餐，但在這之前他可以摸摸牠！」一位身材高挑的小姐喊道。

「他可以住在我的糖果店裡！」一個胖子提議。「不過我得先跟他討論一下優惠活動！」

艾瑞克試著擠出微笑。這些大人都很努力想做好事，但他只想蜷縮成一團，一個人靜一靜。

這時，兩名警察邁著沉重的腳步走來。

「不好意思，」其中一人喊話，口氣非常堅決「這個男孩必須跟我們一起回警局！我們會替他找個家。」

群眾一聽，立刻把艾瑞克放下。

「孩子，這是你家嗎？」警察問道。艾瑞克點點頭，吸吸鼻子。

「你叫什麼名字？」

「呃，艾瑞克。艾瑞克·格洛特。」

「好，我們走吧，艾瑞克·格洛特，」警察伸出手。「我們會好好照顧你的。」

「別擔心，」另一個警察說。「我們會幫你找一個很棒的家。」

「最好讓你離開倫敦，」剛才伸手的警察補上一句。「孩童待在城裡不安全。鄉下有不少家庭願意收留你！我很確定！」

艾瑞克不想被送到遙遠的地方和陌生人住在一起。他得想辦法離開去救葛楚德。

他什麼也沒說。但他們一轉到街角，他就死命掙脫警察的手，

拔腿狂奔……

16 攔住那個男孩！

其中一個警察用力吹哨——

嗶嗶！

另一個則大喊：「攔住那個男孩！」

艾瑞克飛快衝過大街，警察在他身後拚命追趕。倫敦居民陸續從地鐵站或防空洞出來，三五成群地檢視昨晚空襲所造成的嚴重損害。

有人在瓦礫堆中尋找生還者。

有人呼喊親友的名字。「爺爺？爺爺？」

有人看到畢生努力的心血毀於一旦，難過地跪下哭泣。

不過，大多數人聽見警方哨音和「攔住那個男孩」的叫喊，都好奇地東張西望。

為什麼要攔住他？

日子不好過，有些人會跑進炸毀的房屋行竊，甚至偷死者身上的東西。難道那個男孩是小偷？

沒多久，部分民眾也加入追捕的行列。

「攔住那個男孩！」吶喊聲此起彼落。艾瑞克好害怕，只想拚命跑，跑得愈快愈好，躲開那一大群伸手想抓他的人。

「快追！」

「攔住他！」

「快抓住他！」

警哨聲再度響起。

嗶嗶！

突然間，好像所有倫敦居民都在追他。

艾瑞克繼續往前跑。

他徹夜未眠，筋疲力盡，但不知怎的，他瘦小的雙腿始終充滿動力。

他跑過馬路，閃避公車和計程車。

前方是橫跨泰晤士河的倫敦橋，後方是逐漸逼進的警察和群眾。艾瑞克看見三個警察騎著腳踏車迎面衝來。他們跳下車……

鏗啷！

……擋住他的去路。

艾瑞克被困住了。他因為從警察身邊跑走，惹出了**大麻煩**。他非逃不可，卻無處可逃。

他抓住橋上的欄杆，眺望泰晤士河。

一艘載著大量紙箱的平底貨船從橋下駛過，引擎軋軋作響。

那群憤怒的大人離他愈來愈近。

艾瑞克爬上欄杆。

群眾們停下腳步，在他身旁圍成一個半圓。

「孩子，別做傻事啊！」第一個警察大喊。

艾瑞克只有幾秒鐘的時間做決定。船隨時都會經

過。

他做得到嗎？

艾瑞克閉上雙眼，再次想像葛楚德會怎麼從一個地方跳到另一個地方。他用盡全力，雙腳一蹬。

咻！

「不——」有人大喊。

來不及了。

艾瑞克從空中墜落……

17 席德的祕密

碰！

艾瑞克掉在船上的紙箱堆裡。倫敦橋上傳來陣陣哨音。

嗶嗶！

還有人群的叫喊。

「攔住那艘船！」

「誰快跟著跳下去追啊！」

「別讓他跑了！」

但這些雜音都被駛過泰晤士河的貨船引擎聲蓋過去了。

軋軋！軋軋！軋軋！

很快的，倫敦橋及其上的群眾就變得好遠好遠。

艾瑞克躺在其中一個紙箱上，歷經驚險刺激的一夜後，他終於可以休息了。奶奶已經永遠離開這個世界。他不能讓葛楚德面臨同樣的命運。他只有幾個小時的時間可以救她。

沒多久，貨船就駛進港口，艾瑞克能感覺到船的速度變慢了。他躲在紙箱堆的縫隙裡，等船一停靠碼頭，就火速跳上岸。港口非常熱鬧，有許多碼頭工人來回奔忙，沒人注意到這個小偷渡客。

艾瑞克人在東倫敦一個遙遠而陌生的地方。

他得去找席德叔叔才行。他相信，在他的幫助下，他們一定能救出葛楚德。

艾瑞克很快就找到最近的地鐵站。沒錢買票的他別無選擇，只能偷偷溜進閘門。查票員在後面大喊……

「喂！給我過來！」

……他跳上樓梯扶手，用跨坐的方式一路滑下去。

許多在月臺上過夜的倫敦居民帶著毛毯、枕頭等物品慢慢爬上樓梯；艾瑞克如閃電般從他們身旁溜下去，跳上第一臺列車，疾駛過倫敦城。

說也奇怪，艾瑞克認識席德叔叔這麼多年，從來沒去過他家。事實上，沒有人去過。這件事到後來成了家族間的笑話。你不用去席德叔叔家，都是他來你家。艾瑞克不禁懷疑，席德叔叔可能在隱瞞什麼。

是不是他家小得誇張？或是亂得像**垃圾場**？還是他討厭別人用他的**廁所**？

艾瑞克很快就會發現席德的祕密了。

雖然他沒去過那裡，但他會寫聖誕卡和生日卡給席德叔叔，所以記得他的地址。他仔細研究車廂裡的地圖，找到正確的地點，在克拉珀姆地鐵站下車。

艾瑞克在燦爛的陽光下眨眨眼，發現地鐵站離席德家很近，只要走一小段路就到了。他看見有顆防空氣球在倫敦上空輕輕晃動。這些巨大的氣球被固定在地面上，布滿整座城市。它們的功能是阻擋敵方軍機，但從昨晚空襲所造成的破壞來看，似乎成效不大。

席德住在一棟極為狹小、有附露臺的房子裡，和那條街上其他極為狹小、有附露臺的房子差不多。

那還只是外觀而已。

屋裡完全是另外一回事。艾瑞克敲敲老舊的大門。

叩叩叩！

「沒人在！」門另一邊傳來一聲叫喊。一聽就知道是席德，而且他顯然在家。

艾瑞克又敲敲門。

叩叩叩！

「我出門了！」

「才怪！」艾瑞克大喊。

「沒有，我出門了！」

「席德叔叔，是我！艾瑞克！」

一陣沉默隨之降臨。

接著傳來錫製義肢踩在地板上的聲音。

鏗啷！鏗啷！鏗啷！

門上的信件投遞口**啪**地打開。

「你在這裡做什麼？」席德透過投遞口低聲說。

「我來看你啊。」

「我不接待客人，**沒有例外！**」

背景音中夾雜著像喇叭的怪聲。

噭！

「那是什麼？」艾瑞克問道。

「什麼什麼？」席德假裝什麼也沒聽到。

「那個怪聲啊！」

「我什麼都沒聽到！」

噭！噭！

「又來了！」

「哦，那個啊。」

「對，就是那個！」

「是我放屁啦！我早餐吃了一些黑棗乾。」

「我很熟悉你的屁聲，聽起來不是這樣！」

「抱歉，艾瑞克，我現在真的沒空！」

「求求你，我沒有別的地方可以去。」

「說什麼傻話！你奶奶呢？」

「她死了。」

艾瑞克聽見席德拉開門閂，解開門鎖。

唰！

喀噠！

門應聲敞開，席德就張開雙臂站在那裡。艾瑞克走過去，兩人在門口緊緊相擁。

什麼都不必說。

18 嗷！嗷！嗷！

過了一會，席德率先打破沉默。「我真的、真的很遺憾。」他潸然淚下。

「謝謝，」艾瑞克吸吸鼻子。「整棟房子在半夜被炸毀了。」

「可憐的老太太。雖然我跟她有時不太對盤，但她很盡心盡力地照顧你。」

「我知道，她很努力。」

「她很愛你，只是不曉得該如何表達。」

「我知道。」

「她的人生不該這樣結束。」

「沒有人該這樣死去。」艾瑞克表示同意。

「唉，她又是個聾子！根本沒機會活命。」

「都是我的錯！」艾瑞克哭喊。「我應該留在家裡的！」

「別這麼說！這場該死的戰爭不是你的錯。」

「我應該在空襲警報響起時叫醒她才對。」

「要是你留在家裡，可能也會死。」

艾瑞克吞了一口口水。

咕嘟！

席德叔叔說得對。

「奶奶走了，現在只剩下我一個人了。」他嚎啕大哭。

「**你還有我啊！**」席德喊道。「我永遠都會陪在你身邊。」

兩人抱得更緊了。

「謝謝你，席德叔叔。」

啵！啵！啵！

「那個怪聲又出現了！」艾瑞克嚷叫。

「快，進來吧，我們把門關上。」

他們關上大門。一進到屋裡，遠離窺探的耳目，席德就說：「聽好，你一定要答應我，不會告訴別人。」

「不會告訴別人什麼？」

「哎，你先答應就是了。答應後我再告訴你！」

「我答應你！」艾瑞克說。

「跟我來，」席德壓低聲音，帶艾瑞克穿過狹窄的門廳。「讓你認識我的

祕密家人……」

機密

第二部

熱血、汗水、辛勞和眼淚

最高機密

19 動物王國

「祕密家人？」艾瑞克一頭霧水。

席德叔叔到底在說什麼啊？

「噓！」席德要他小聲，同時推開通往廚房的窄門。

門後的小房間裡有個動物王國。艾瑞克高興地睜大雙眼：

一隻棲息在水壺上的獨翼鸚鵡。

「嘎嘎！」

一頭象鼻短到不可思議的小象。

『嗚嗚！』

一隻在錫製浴缸裡游泳的盲眼海豹。

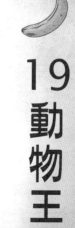

「嗷嗷！」

一隻以柳條編織籃充當龜殼、在地上爬行的巨大陸龜。

咯吱咯吱！

一隻在角落失去平衡、跌倒在地的獨腿紅鶴。

碰！

一隻急忙鑽進桌底、沒有牙齒的鱷魚。

唰！

最後，一隻爬上架子、有著超大紅屁股的獨臂狒狒。

「咿咿！」

艾瑞克張大嘴巴，說不出話來。

「這就是為什麼我不能找人過來坐坐喝杯茶！」席德說。
「他們有名字嗎？」艾瑞克熱切地問道。
「有啊，他們當然有名字！艾瑞克，容我跟你介紹一下。」
艾瑞克綻出期待的笑容。
「這是鸚鵡帕克。你可以搖搖她的翅膀，只是動作要輕一點，因為她只有一隻！」
艾瑞克伸手握住帕克僅有的翅膀。
「妳好嗎？」他說。
「你好嗎？」鸚鵡尖聲叫道。「你好嗎？」
「她會說話！」艾瑞克驚呼。
「對啊，很多鸚鵡都會！」
「鸚鵡會！鸚鵡會！」帕克嘎嘎叫。
「她的語言能力還可以，」席德解釋。「她喜歡重複別人說的話，所以稱不上什麼有趣的對談。」
「有趣的對談！」

「我愛死她了！」艾瑞克說。

「我也是！她是我收容的第一隻動物，在我心裡永遠有個特別的位置。」

「永遠特別！」

「沒錯，」席德邊說邊搔搔鸚鵡的下巴。

「這是厄尼！」他搖搖小象異常短的象鼻，繼續介紹。

「厄尼不會長大嗎？」

「會啊，我很怕有一天他會把我吃垮。哎，幫我拿那顆蘋果。」席德指著置物架說。

艾瑞克走去拿蘋果，差點被鱷魚絆倒。

「厄尼的鼻子太短，沒辦法自己吃東西，所以要靠人工餵食。你想的話可以餵他。」

艾瑞克把蘋果放進小象嘴裡。

嚼！

「現在他永遠都會是你的好朋友啦！」席德用輕快的語氣說。

艾瑞克拍拍大象的身體，給他一個大擁抱。「但願如此。**我好愛他喔。**」

「別讓其他動物吃醋！」席德說。「來吧，還有很多朋友要介紹給你認識呢！」

席德一一介紹房間裡所有動物。

「海豹莎西！」

嘩啦！嘩啦！浴缸裡的海豹濺起陣陣水花。「她跟蝙蝠一樣看不見。呃，應該說比蝙蝠更瞎，因為蝙蝠還有聲納什麼的，所以我們必須好好照顧她。」

「我會的。」艾瑞克用指尖輕輕劃過海豹柔軟的毛皮。她雖然看不見，卻能感受到他的撫觸。她的臉上掠過一絲微笑。

「噭噭！」

這時，背著柳條編織籃的陸龜爬進艾瑞克的視線範圍。

「他的殼怎麼了？」艾瑞克問道。

「可憐的托特，他坐船從遙遠的加拉巴哥群島過來，龜殼在旅途中摔成碎片，只好用我的洗衣籃當殼。」

艾瑞克注意到席德是用繩索將籃子綁在烏龜背上。「可憐的傢伙。」他拍拍托特的頭說。

「托特是個堅強的鬥士。就算我們死去多年，他依舊會一直蹣跚前進，勇敢走下去。有些陸龜能活超過一百歲呢！」

碰！

紅鶴又跌倒在地。

「為什麼那隻紅鶴一直摔倒？」艾瑞克問道。「紅鶴不是能單腳站嗎？」

「是啊！」席德一邊回答，一邊把那隻紅鶴扶起來。「但牠們還是需要另一條腿來保持平衡。要是像佛蘿倫絲一樣天生只有一條腿，就會不由自主地摔倒。」

碰！

「哦，又來了！」席德說。

艾瑞克伸手摸摸躺在地板上的紅鶴。「她的羽毛好柔軟喔。」他說。

「對啊！很適合清灰塵。」

「你說什麼？」

「我用她的腿當桿子，把她抱起來，撣掉碗櫥上的灰塵！」

席德忍不住偷笑。

「你在開玩笑吧！」

「哈哈哈，當然啊！我才不會傷害可憐的佛蘿倫絲。」席德邊說邊把她靠在牆上。

「也許她需要拐杖之類的東西來輔助。」

「好主意，艾瑞克！或是跟我一樣裝錫製義肢！我試過一些方法，像是

用雨傘做假腿、在馬具上裝腳踏車輪等等，但對她來說都沒用。柯林也是一樣。」

艾瑞克將注意力轉向那隻無牙鱷魚。「他需要裝假牙。」他說。

「對，但我目前還沒找到大小適合鱷魚的假牙。」

「至少他沒辦法吃你。」

「才不會呢，他就跟泰迪熊一樣可愛。對吧，柯林？」

鱷魚立刻翻身露出肚子。過程中他尾巴猛地一甩，不小心撂倒紅鶴佛蘿倫絲。

碰！

「柯林喜歡被搔肚肚！」席德說。「你試試！」

艾瑞克搔搔鱷魚的肚子。鱷魚好像真的在笑，下巴不斷開合，讓他喜出望外。

唏嚓！唏嚓！唏嚓！

「我就說吧！」席德說。「現在，最後壓軸——波蒂！**狒狒波蒂！**」

「波蒂的屁股是我看過最大的！」艾瑞克邊說邊研究狒狒又紅又圓的

臀部。

「好了好了！別說了，」席德提醒。「波蒂對她的屁屁非常敏感！而且她只有一隻手，生活很不容易。」

狒狒爬到席德肩上，吃他餵的麵包皮。她的屁股正好對著艾瑞克的臉。我不知道你有沒有面對狒狒屁股的經驗，相信我，狒狒屁股的**臭味指數**非常高。

艾瑞克拿起桌上的木製曬衣夾，夾住鼻子。

「好多了！」他用那種捏著鼻子時會發出的怪聲說。

「真有趣！」席德咯咯輕笑，拿另一個曬衣夾夾住鼻子。「現在我聽起來跟你一樣蠢。」

狒狒波蒂想必很好奇，因為她也抓起一個曬衣夾夾住鼻子！

腐爛的高麗菜
髒襪子
菸味
臭腳丫
死老鼠
沒洗的內褲
企鵝便便
驢子便便
toilet
營地的廁所
狒狒屁股

「叭叭！」她尖聲叫嚷，看起來很開心。

他們三個都笑了起來。

「哈哈哈！」

「對了，」艾瑞克開口。「這些動物是從哪裡來的？」

「喔！我……呃……從動物園『借』來的。」

「借來的？」

「那個……其實是偷啦。」

「為什麼要這麼做？」

「這些動物都有『缺陷』。在我看來，這就是牠們獨特的地方，但其他人都認為牠們無法生存，想讓牠們『擺脫痛苦』。」

艾瑞克的臉變得慘白。

「你的意思是……？」

「沒錯！他們會叫納爾小姐過來，給這些動物**致命的一針**！」

「就像她打算對葛楚德做的那樣！席德叔叔，我們一定要阻止她！」

席德看看牆上的鐘。「已經十一點了。動物園下午五點關門。時間不多了！」

就在這個時候，窗外傳來敲玻璃的聲音。

叩叩叩！

「哦，不！」艾瑞克低下頭用氣音說。「一定是警察！」

20 捉迷藏

「警察在追你？」席德壓低聲音。

「對！」艾瑞克回答。「奶奶死後，他們想送我離開倫敦，去跟陌生人住，所以我逃跑了。」

「不會吧！」

「真的，我得躲起來才行。」艾瑞克飛快跑過房間，打開碗櫥的門。「不要跟他們說我在這裡！」他一邊叮嚀，一邊在老舊的鍋碗瓢盆間找地方藏身。

鏗鏘！

叩叩叩！

「哦，我的天哪！」席德惱怒地走到門口。「我知道敲三下後窗是什麼意思，那不是警察，是——」

「你的貝西！」一位小姐高喊。

艾瑞克透過碗櫥門上的縫隙向外窺探。只見一位穿著醫生袍、看起來心情很好的小姐匆匆走進房間，衝上前熊抱席德，讓他雙腳離地。

「嘿喲！」

所有動物都圍著她轉，開心嚎叫。

『嗚嗚嗚！』

「嘎嘎嘎！」

「你的貝西！」鸚鵡帕克重複道。

「貝西，放我下來！」席德嘴巴這麼說，臉上卻露出靦腆的微笑，顯露出內心對貝西的真實情感。「我的義肢可能會鬆脫！」

「聽起來是個好主意，我的席德！」她用輕鬆愉快的口氣說。貝西的聲音非常悅耳，讓立刻喜歡上她。你一見到她，就知道她是一個充滿**生命力**、**愛**與**歡笑**的人。「那樣你就再也無法離開我了！」

「放我下來，貝西！算我求妳！」席德又說了一次，眼裡閃爍著光芒。

貝西終於把他放下。

鏗啷！鏗啷！鏗啷！

「真掃興！」她沒好氣地說。

她越過席德肩膀看過去，發現艾瑞克躲在碗櫥裡偷看。「我的席德？」

「怎麼了？」

「你知道有個小男孩躲在你的碗櫥裡嗎？」

「哦，知道！」席德急忙跑到碗櫥前把門打開。「這是我的外姪孫艾瑞克！快出來吧！」

艾瑞克推開那些鍋碗瓢盆，從碗櫥裡爬出來。

鏗鏘！他站起來，伸出手想跟貝西握手，以為大人都是這樣打招呼。

不過這位小姐有別的想法。她像剛才抱席德那樣，把艾瑞克整個人舉起來，緊緊擁抱他。
「快來貝西阿姨這裡！」她輕柔低語。
雖然艾瑞克完全不認識這位小姐，但被她擁抱的感覺很棒。她好溫暖、好柔軟，很適合抱抱，幾乎就像被爸媽擁抱一樣美好。只是幾乎，還不到那個程度。
「貝西，快放他下來！」席德笑著說。
「我一點也不介意！」艾瑞克大喊。
貝西抱著艾瑞克在房間裡轉來轉去，努力不被動物絆倒，然後把他放下來。
「貝西是我的鄰居——」席德解釋。可是他才一開口，就被貝西打斷了。
「我是席德的鄰居！就住在隔壁。幸好我們後院之間的籬笆在一場空襲中燒毀了，所以現在我可以隨心所欲自由來去。完美中的完美！」
席德做了個鬼臉，似乎不太同意。
「嘿，你真壞。但是我喜歡！」
「貝西過來是要——」席德又說。

「我的席德外出工作時，我會過來幫忙餵動物，」貝西臉上浮現一絲困惑，看了一下她的小手錶。「說到這個，你不是應該在動物園嗎？」

「對，也不對。」席德回答。

「對也不對？沒有什麼對也不對，只有對或不對！」她戲謔地說。

「對，我現在應該在動物園，但是不對，我不應該在那裡，因為我被開除了！」

「**開除！**」貝西用浮誇的語氣複述。

席德點點頭。

「你說**開除？**」

他又點點頭。

「開除？**炒魷魚**的那種開除？」

「對！開除！就是那種開除！」

屋裡一陣沉默。

「你被**開除**了？」貝西又問一次。

「沒錯！」

「可是……我的席德，你一直都在動物園工作，為那個地方奉獻一生！我知道你付出了熱血、汗水、辛勞和眼淚！他們憑什麼開除你？」

席德用求救的眼神看著艾瑞克。

「說來話長。」艾瑞克開口。

「喔喔喔，我喜歡**長篇故事**！」貝西在廚房桌前坐下。不知道為什麼，她居然能一次撫摸所有動物。「好了好了，親愛的。等等就餵你們吃飯哦。」

「我們很擔心葛楚德。」艾瑞克說。

「那隻大猩猩？」她問道。

「對，大猩猩葛楚德。她被空襲嚇瘋，從籠子裡跑出來。巴特——」

「誰？」

「動物園的夜間警衛。」席德回答，獨翼鸚鵡在同一時間跳到他肩上。

「巴特打算射殺葛楚德，然後……呃……我們……」

「怎麼了？快說啊！這比看電影還精采！」她柔聲催促。

「呃，我們不得不奪走他的步槍，結果不小心把他打昏了！」

「哇，好**戲劇化**哦！」貝西驚呼。

「我們倆都遇上了大麻煩。」

「其實我晚上根本不該留在動物園，」席德補充。「更別說和艾瑞克一起了。由於葛楚德跑出籠子，園長決定叫獸醫替她施行安樂死。」

「不會吧！」貝西說。

「是真的！他說她很危險！」艾瑞克回答。「可是她才不會。她很可愛！這點我很清楚，因為她是我最好的朋友！」

「哦，天哪，」貝西說。「哦，天哪，哦，天哪，哦，天哪，哦，天哪，哦，天哪……」

艾瑞克望向席德。貝西到底要講幾次「哦，天哪」？

「哦，天哪，我的天哪！那你們打算怎麼辦？」她問道。

「這個嘛，貝西，很簡單！」艾瑞克回答。

「我們要救她！」

21 衝啊！

「我們要怎麼救葛楚德？」席德問道。「我們倆都不能再踏進園區。他們打算今晚動物園一關門就執行安樂死。再幾個小時就要閉園了！」

「我的席德，還有我們的艾瑞克，我知道你們一定會想出辦法的！在你們腦力激盪的同時，我要來替這些小可愛準備早餐。」

「早餐」對這群動物而言想必是個觸發行動的字眼，因為七隻動物馬上以最快的速度衝向她。

「哦哦哦～！」看到牠們跑來，貝西忍不住發出顫音。

鸚鵡帕克拍動僅存的一隻翅膀，不斷繞圈飛翔。

嘎嘎！

海豹莎西從錫製浴缸裡蹦出來，啪地落在廚房地板上。

嗷嗷！

大象厄尼全速猛衝，粗短的鼻子來回擺動。

嗚嗚！

紅鶴佛蘿倫絲跳到烏龜托特的籃子殼上，拖慢了雙方的速度，最後停在原地。

咯吱咯吱！

咚！咚！咚！

鱷魚柯林迅速轉身，不小心將佛蘿倫絲撂倒在地。

唰！

狒狒波蒂興高采烈地撲向貝西，像玩英國撞柱遊戲一樣把她推倒。

砰！

可憐的貝西就這樣跌坐在地。

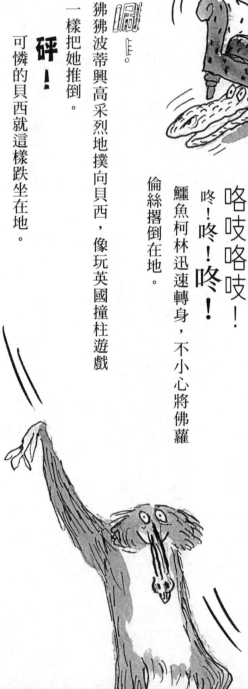

下一秒，所有動物都爬到她身上，用舌頭舔她的臉。

舔！舔！舔！

「救命喔！」她大喊。

「好了，你們！」席德把動物一隻隻抱下來，用命令的口氣說。「夠了！」

他和艾瑞克把貝西扶起來。

「天啊，謝謝，」貝西柔聲道謝，接著整理好自己，再度開口。「我來替牠們準備——」

「別說那個字！」席德急忙阻止。

「ㄗㄠ早ㄘㄢ餐！」她一字一字拼音。她知道這些動物很聰明，但牠們不懂注音符號。

說完她便走到外面的花園。

「那麼我們要怎麼救葛楚德？」艾瑞克問。

「我不知道，艾瑞克，我真的不知道。感覺是不可能的任務。」

「世上沒什麼不可能！」

「就算計畫成功，我們到底要讓她住在哪裡？」席德靠在廚房桌旁，減輕錫製義肢帶來的沉重感。

「當然是這裡啊！」艾瑞克高聲說。

「天哪！」席德的臉瞬間變得慘白。「讚喔，我現在就是需要這個——讓一隻大猩猩搬進我家！」

「她可以睡我的房間！」艾瑞克解釋。

「喔，對，我都忘了，你也搬進來了！順帶一提，你剛才說『你的房間』，不好意思，沒這種東西！樓上只有一間小臥室而已。」

「好吧，那我睡外面。」艾瑞克指著窗外花園盡頭那棟小磚房。

「那是廁所！」

「我可以啊。這樣晚上上廁所很方便！」

「艾瑞克，你有站著睡覺過嗎？」

艾瑞克想了一秒，真的只有一秒。因為他馬上就知道答案。「沒有。」

「我告訴你，站著睡很不舒服！」

「我知道了！」艾瑞克突然高興地瞪大雙眼吶喊。「我知道了！」

「知道什麼？」

「我想到一個點子！我可以跟葛楚德和其他動物一起睡在這裡，你搬到隔壁和貝西一起住！」

「這個……我不知道。」席德的臉**紅**到不能再**紅**。

「你喜歡她，她也喜歡你啊。」

「呃，我們還是慢慢來，別這麼衝動……」

這時，隔壁傳來輕快的嗓音：

「早餐！」

席德打開後門。七隻動物立刻衝進花園，飛奔到隔壁吃飯。

「拜託，席德叔叔，」艾瑞克懇求。「幫我救葛楚德。」

「我想啊，我也很愛她！只是我不知道該怎麼做。」

「如果你不幫我，我就自己動手！」

「想都別想！」席德大聲嚷嚷。「我不會讓你天黑後獨自溜進動物園。巴特可能會對你開槍！」

「所以你會幫我囉？」

席德嘆了口氣。「講到冒險犯難，二等兵席德．普拉特報到！」他邊說邊敬禮。

「太好了！」艾瑞克大喊。

「我們會找地方給葛楚德住，但她絕對是最後一個。我真的無法再收留動物了。這裡跟諾亞方舟沒兩樣！」

「只有葛楚德，我保證！」

「很好。好了，就像軍事行動一樣，我們需要……

制定一個計畫！」

22 救援計畫

他們沒多少時間討論。現在已經接近中午了。雖然艾瑞克應該在學校上課，但目前有比代數更重要的事要做。

把他最好的朋友從死神手中救出來。

「所有祕密軍事行動都有代號，」席德說。「我記得第一次世界大戰時，英國有個任務叫『靜謐行動』。我們的要取什麼名字？」

艾瑞克想了一下。「香蕉！」

「你說什麼？」

「行動代號：香蕉！」

席德有點猶豫，但他想不出更好的主意。「好吧，葛楚德的確很喜歡香蕉。」

「我們要展開**香蕉行動**！」

「沒錯！我們開始吧！」

席德叫艾瑞克拿出抽屜裡的紙和鉛筆，兩人開始憑記憶畫出一張大型動物園地圖。他們攜手合作，描繪出園裡每一條小徑和動物區，接著將地圖釘在牆上，園區所有出入口一覽無遺，當然，大猩猩的位置也不例外。

吃飽的動物們一隻接一隻小跑步回到廚房；席德和艾瑞克用地圖想出了許多拯救葛楚德的計畫，內容一個比一個更瘋狂。

1 兩人喬裝成大猩猩，闖入葛楚德的籠子，待在那裡直到動物園關門。接著他們向葛楚德表明身分，一起逃出去。不過這項計畫有個大漏洞：一定會有人注意到籠子裡有三隻大猩猩，而不是一隻。

2 強行徵用泰晤士河上的英國皇家海軍軍艦，沿著水路駛到動物園，再用魚雷在圍牆上炸出一個洞，把葛楚德帶出來，利用倫敦的運河網絡逃走。這個計畫堪稱完美，但只有一個小缺點：他們沒有軍艦。

3 在席德的後院挖一條隧道，一路通到葛楚德的籠子，這樣他們就可以偷偷帶把她通過帶到隧道轉移到裡，確保她的安全的地方。遺憾的是，席德家到倫敦動物園很遠，要花好幾年才能挖通，他們沒這麼多時間。現在只剩幾小時能救葛楚德。

4 兩人假扮成國王和王后，以皇室之名參觀倫敦動物園。進到園區後，他們就跟園方說想留下葛楚德作為本次參訪的紀念品。然而，無論他們再怎麼努力都不可能冒充皇室成員，成功混進去。

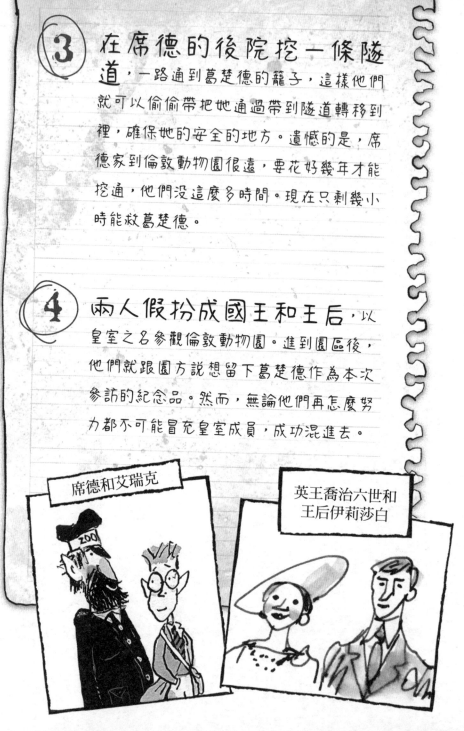

5 打造一架巨型紙飛機，從倫敦最高建築聖保羅大教堂的圓頂出發，然後俯衝而下，飛過葛楚德的籠子，把她抓到空中。問題是，所有的紙都被他們拿來畫動物園地圖了。

6 做一隻假的大猩猩，偷偷帶進動物園裡，趁沒人注意時跟葛楚德調包，然後逃走。這個計畫最大的問題是，他們倆都對藝術和美勞一竅不通，完全不知道該從何下手，因此做不出假的大猩猩。

7

兩人躲在飼料袋裡，偷偷溜進動物園。一進到園區，他們就從麻布袋裡跳出來去找葛楚德，然後一起逃跑。這個計畫的癥結點在於他們很有可能會成為獅子的食物。雖然對獅子來說很棒，但對他們來說沒那麼棒。

吼！

8

跟貝西借制服，假扮成兩位醫生，抬著擔架衝進動物園。如果有人攔阻，就說他們被叫來援助生病的遊客，實際上則拿床單蓋住葛楚德，再用擔架偷偷抬出來，搬上救護車。不過有個大問題：他們沒有救護車。

9

將一大堆手杖綁在一起，進行全球最高的撐竿跳，然後跳過動物園圍牆，把大猩猩從籠子救出來。這個主意很快就被否定了，因為艾瑞克著陸時很可能會摔斷雙腿。雖然這對席德來說不是問題（畢竟他穿著義肢），但他這個年紀進行撐竿跳實在不是什麼好主意。

10

偷一輛坦克，衝破動物園圍牆，接著在葛楚德的圍欄上炸出一個洞，把她抱起來飛快逃跑。要是有人想攔住他們，他們可以旋轉大炮，對準對方，然後——砰！不過這項計畫有個小問題，那就是非常、非常、非常、非常、非常、非常、非常、非常、非常、非常**危險！**

幾個小時過去了，計畫還沒有擬好。艾瑞克漫不經心地望著窗外，突然靈光一閃。這個點子就和大多數了不起的想法一樣，太瘋狂，太天才了！

「**賓果！**」艾瑞克大喊。

「賓果！賓狗！你在說什麼，孩子？」席德問道。

「我想到了！」

「想到什麼？」

「救援計畫！」

席德鏗啷鏗啷地走到窗前，想知道艾瑞克望著天空究竟在看什麼。

「你該不會是想用……」席德又問。

「沒錯！防空氣球！」

機密

第三部

永不投降

23 氣球

艾瑞克稍早從地鐵站出來時有看到一顆防空氣球。倫敦上空飄浮著數百顆這樣的氣球——雖然外觀看起來像飛船，裡面卻無人駕駛。防空氣球固定在地面上，底部有網子或纜線延伸出來，連接至軍用卡車。它們在倫敦上空飄動，讓敵方軍機難以進入本國領空；也就是說，納粹轟炸機和戰鬥機必須飛到氣球上方才能閃避這些障礙，這樣一來，英軍的高射炮（或稱大炮）就能輕鬆擊中他們。如果飛機飛得太低，炮彈的轉速不夠快，就無法命中目標。敵機飛得高一點，擊落他們的機率比較大。

「快說說你的計畫吧。」席德催促。

「我們去偷——」艾瑞克開口。「我是說，『借用』防空氣球，飛到動物園上空。一抵達葛楚德的圍欄，我們就打開籠子頂部把她拉出來，從空中逃跑！」

席德凝望著天空，陷入沉思。

「席德叔叔？」艾瑞克叫他。「席德叔叔！你覺得呢？」

「我覺得這是我們目前想出來最爛的主意！」他終於回答。

「所以是最棒的主意！」

「嗯，大概吧！」席德臉上掠過一絲憂慮。「但我們怎麼知道這個計畫會成功？」

「我們不知道。要試了才知道啊。」

「答得好！那我們來研究一下怎麼駕駛防空氣球吧。」

席德有一套關於第一次世界大戰的書，就放在樓上的臥室裡。一本以舊時德國軍事裝備為主題的書中，有一章專門介紹齊柏林飛船。第一次世界大戰期間，這種飛船被用來當成轟炸機和偵察機。由於齊柏林飛船的功能是飛行，而非單純在某個定點飄浮，因此構造與防空氣球不同，不只有引擎，底部還有一個供飛行員使用的吊艙。

不過，艾瑞克相信一定有辦法能駕駛氣球，或許可以利用和氣球相連的卡車等等。問題是，時間不多了。他看看廚房牆上的鐘。現在是下午一點，再過

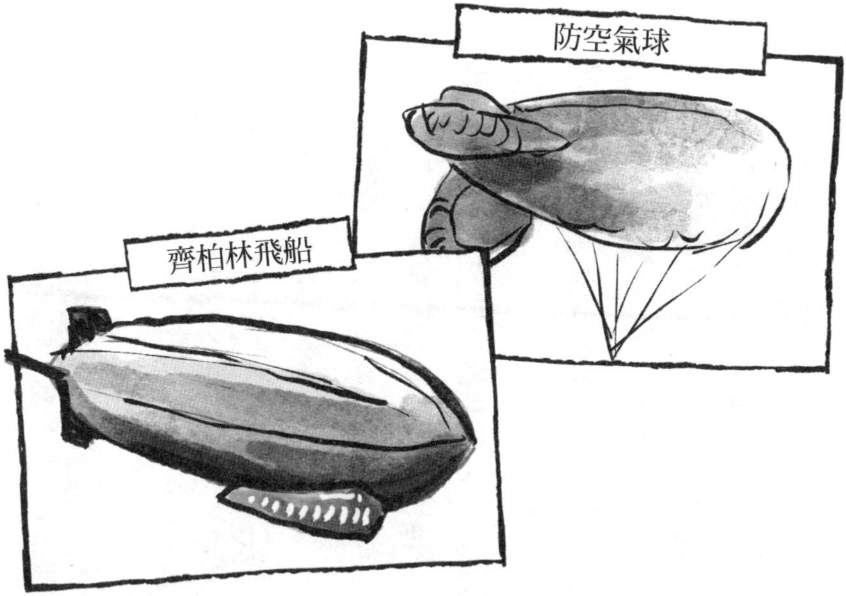

幾個小時就天黑了。動物園園長佛朗爵士要納爾小姐傍晚五點閉園後替葛楚德安樂死。要救這隻可憐的大猩猩逃離致命的一針，他們必須**立刻行動！**

24 墜毀的轟炸機

席德和艾瑞克把家裡的動物託給貝西照顧後，便抓起牆上的動物園地圖，出門尋找防空氣球基地。

他們穿過大街小巷，繞過民宅花園後方，走過幾片荒地，視線始終緊盯著防空氣球。離席德家約兩公里的地方有一塊占地遼闊的公共用地，上頭停著一輛軍用卡車，灰色大氣球就在上方飄動，看起來就像一條肥嘟嘟、用纜線綁在卡車上的魚。

他們仔細端詳，發現卡車後方放了一堆磚頭增加重量。

「賓果！」艾瑞克說。

「賓果！賓狗！賓勾！隨便啦。怎麼了？」席德問道。

「只要拿掉足夠的磚頭，那……」

「氣球就會吊著卡車飛起來！」

「沒錯！」

「但我們要怎麼控制氣球的方向？」

「卡車有方向盤啊！」

「我當然知道，傻瓜！但那是用來開卡車的，不是在空中駕駛氣球！」

「喔……」

這個問題很麻煩。齊柏林飛船需要引擎才能飛行，防空氣球也一樣。艾瑞克看見幾個孩子在離氣球不遠的地方玩耍。他停下來細看後才發現他們在玩什麼。

「你看！」他大喊。

席德瞇起眼睛。「我的視力不像以前那麼好了。」

「來吧！」艾瑞克邊說邊牽著席德的手走向那群孩子。

鏗啷！鏗啷！鏗啷！

那是一架德國空軍轟炸機，想必是在晚上被英軍擊落，墜毀在公共用地。

機組員不見蹤影，顯然是被英國警方帶回審訊。現在這架巨型飛機成了當地青少年的玩物。他們很喜歡這座新的遊樂場，不停爬進爬出，跳上跳下，玩戰爭遊戲玩得非常開心。

一個臉上掛著鼻涕的男孩看到席德走近，立刻大喊：「走開，老頭！我們玩得正高興呢！」

「對啊，老阿公，走開啦！」一個滿臉雀斑的孩子附和道。

「快閃開，記得帶那個大耳朵小鬼一起走！」另一個少年說。

「哈哈哈！」三人發出不屑的嘲笑聲。

席德不發一語。他靠著艾瑞克的肩膀，扯下一條義肢。

鏗啷！

「我倒是很想踢你們的屁股！」席德大喊。

「哇啊！」三人嚇得放聲尖叫，匆匆逃離公共用地。

「這招每次都很管用！」席德邊說邊把義肢裝回去。

鏗啷！

「下次我也來試試看！」艾瑞克開玩笑說。「只可惜我的腿拔不下來！」

「我得記得別同時拔兩條，不然會有反效果！哈哈！」

「這架飛機好酷哦！」艾瑞克欣賞眼前這架德國軍機。

「這是容克斯轟炸機，」席德說。「用途純粹是帶來死亡和毀滅。我想跟擊落它的人握手致意。」

席德說話的同時，艾瑞克繞著機身踱步。「一定有我們可以利用的零件。」他說。

「什麼意思？」席德問道。

「真希望我以前有專心上科學課。我們一定能利用這架飛機的零件來駕駛氣球！」他指著那輛綁著防空氣球的卡車說。

「賓狗！」席德歡呼。

「是賓果啦！」艾瑞克糾正他。

「賓果！賓狗！賓勾！賓夠！這個主意真聰明！」

「謝謝！」

「唉，可惜我以前也不太認真唸書，學到的東西早就忘光光了。但你說得對——一定有我們可以利用的東西。」

就這樣，兩人開始搜索轟炸機內外，尋找可拆卸的零件和物品，最後發現一些或許能派上用場的東西，包含飛行護目鏡、頭盔、機翼螺旋槳、三個降落傘（未打開），以及一綑繩索。

「這是什麼？」艾瑞克指著幾個大鋼瓶問道。

「Sauerstoff？」席德大聲唸出金屬瓶身上的字。

「什麼意思？」

「是德文。」

「我想也是！但那些瓶子是幹嘛的？」

「只有一個方法能找出答案！」席德說完便打開閥門。鋼瓶內的氣體立刻**噴散**出來，掃過艾瑞克的腳。

嘏！

「哇！那是什麼？」艾瑞克嗅聞一陣，但什麼也聞不到。「空氣嗎？」他猜。

「是氧氣！」席德恍然大悟。「給機組員用的，因為高空空氣稀薄！」

「氣體噴出來的速度很快，說不定我們可以用它來推動卡車前進？」艾瑞克推論。

「或許可行！我們盡量多拿幾個！」

席德和艾瑞克帶著偷來的物品匆匆穿過公共用地，回到卡車旁，然後立刻動工。他們把氣瓶綁在卡車側身，將螺旋槳固定在車頭格柵上。他們不確定螺旋槳是否真的能讓卡車飛上天，但看起來**很酷！**

他們把降落傘收好放在車子後面，以防萬一。

太陽低懸於冬日天空，他們開始搬動卡車後方用來增加重量的磚頭。這個工作很累人，因為車上有好幾百塊磚頭，他們只能一塊一塊慢慢搬。要是動作太快，卡車可能會在無人的情況下飛向天際，就此消失無蹤。搬了大約兩百塊磚頭後，艾瑞克注意到其中一個車輪微微離地。

「快，席德叔叔！快上車！」他立刻說。

席德以最快的速度坐上駕駛座。

「我需要你幫忙保持平衡！」艾瑞克在卡車後方大喊，靠自己的力量逐一搬下磚頭。

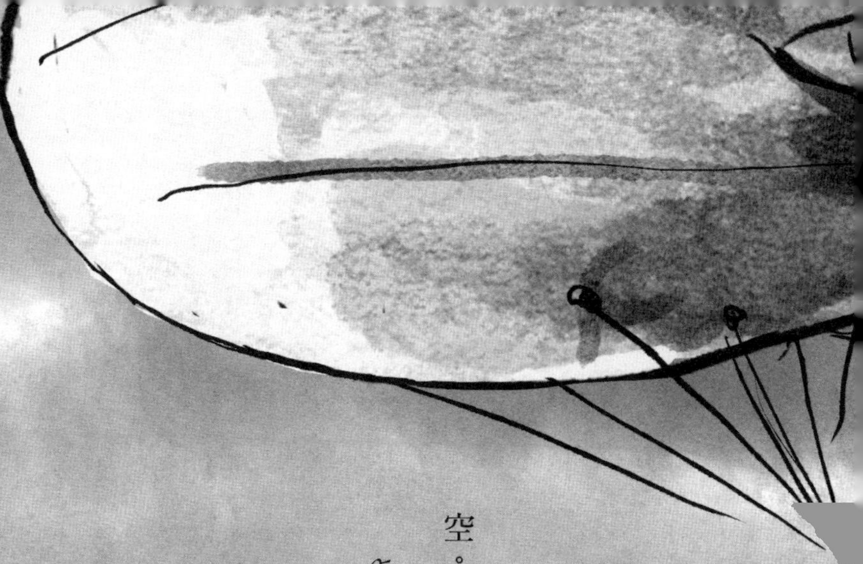

「車頭慢慢升空了！」席德的聲音從前方傳來。現在整輛卡車傾斜，磚頭全都一股腦滑出車斗。

碰！碰！

沒有磚頭壓著的卡車就這樣飛向天空。可是……艾瑞克還沒上車呢！

咻！

25 跳！

「快跳上來！」席德大喊。艾瑞克使盡全力跳起來，卻還是搆不到卡車。卡車被綁在防空氣球上飄走了。

「我搆不到！」艾瑞克大叫。

「我控制不了這輛車！」席德吶喊。

前方那棵大樹是艾瑞克唯一的希望。卡車正朝著大樹飄去。如果艾瑞克跑得夠快，或許，只是或許，可以爬到樹上，跳上卡車。他閉上雙眼。

葛楚德，他心想。**葛楚德會怎麼做？**

他花了很多時間在動物園裡看葛楚德奔跑、跳躍和爬高。

他以最快的速度跑向大樹，像大猩猩一樣跳到半空中。

咻！

艾瑞克成功跳到樹上。

他的頭用力撞上卡車……

碰！

……人又跌落地面。

砰！

「艾瑞克！」席德在卡車上大喊。他飛得愈來愈高了。

艾瑞克找到眼鏡，站起身，像爬梯子一樣爬上樹。來到最高點時……

咻！

……他一躍而下，落在卡車的引擎蓋上。

「艾瑞克！」席德坐在駕駛座上驚呼。

「席德叔叔！」

不確定大喊對方的名字有什麼幫助，但他們還是這麼做了。

艾瑞克的重量讓卡車急遽前傾。他開始從引擎蓋上滑落，死命抓住裝在車頭的螺旋槳。他們就知道螺旋槳會派上用場！只是，艾瑞克仍慢慢滑下卡車。

「救命啊！」他放聲尖叫。

「撐住！」席德大喊。

「還用你說！」艾瑞克沒好氣地回嘴。

更糟糕的是，他搖晃的雙腿狠狠撞上佇立在公共用地的大樹樹冠。

嘩～嘩～嘩！

「哎喲！」

席德一手握住卡車方向盤，另一手拔下一條義肢……

啵！

……盡可能探出窗外。

「抓住我的腳！」他大喊。

「你又沒有腳！」

「我有錫腳，記得嗎？」

ZO

這時，艾瑞克的手從螺旋槳上滑了下來，只用一根手指和拇指勾著。他隨時都有可能墜落摔死！

就在他撐不住而鬆手的時候……

「啊！」

……他一把抓住席德那隻破舊的錫腳！

鏘！

艾瑞克緊巴著它，彷彿他的生死由那隻假腳決定。事實上也是如此。

席德用盡全身力氣把艾瑞克拉進車裡。

「謝謝你，席德叔叔，」艾瑞克癱在副駕駛座，上氣不接下氣。

他透過擋風玻璃直視前方，發現他們正朝著巴特西發電站飄去！

「席德叔叔！小心！」

席德立刻轉頭。

「不——」他們倆放聲大喊。

26 跟著河流走

「氣瓶！」艾瑞克大聲說。

他們倆探出窗外，把氣瓶往下推，轉開噴嘴。

唰！

一道氣體隨即噴射出來，將卡車推往更高的地方。其中一個後輪正好擦過高聳的煙囪。

叮！

「好了，我們要怎麼去動物園？」艾瑞克問道。

席德俯視倫敦——這個他認識了一輩子的城市，可是從空中鳥瞰，這座大城突然變得好陌生。席德沒坐過飛機，但他在第一次世界大戰期間那段短暫驚險的軍旅生涯中常看地圖，方向感還不錯。

「我們沿著這條河一直飛到大笨鐘。攝政公園在大笨鐘北邊，只要找到公園，就能找到動物園。動物園就在公園上方！」

「好，出發！」艾瑞克已經完全融入副駕駛的角色。他在席德的指示下戴上剛才從納粹轟炸機上找到的皮製飛行頭盔和護目鏡。他們沿著蜿蜒曲折的泰晤士河前進，覺得自己就像真正的飛行員。兩人相視而笑。

「**香蕉行動進行中！**」艾瑞克說。

「沒錯！」

過了一會，艾瑞克開始擔心他們飛得不夠快。「幾點了？」

「那邊！」席德指著卡車車窗回答。「你自己看！」

只見國會大廈座落在河畔，被暱稱為大笨鐘的鐘塔高高聳立，著名的鐘面在幽暗的天空中閃閃發光。

「四點半！」艾瑞克說。「我們得快點才行。動物園五點關門。我們只有三十分鐘的時間可以救葛楚德！」

「全速前進！」

兩人將氣瓶閥門轉了一圈。

唰！

卡車瞬間加速。艾瑞克望向窗外，防空氣球依舊在上方飄浮。目前似乎還沒有人發現他們開著卡車飛過倫敦。氣球在城市上方陰暗的天色中靜靜飄動。然而，要是地面上有人注意到他們，可能會認為這是一架敵機。

會不會是可怕的齊柏林飛船回來了！

空襲警報一響，就會有無數探照燈照向天空。他們很有可能被高射炮擊落。

哇哇哇！

接下來映入眼簾的是英國的代表性建築「白金漢宮」。皇宮一側是皇家花園，另一側是聖詹姆斯公園，西邊則是有著知名九曲湖的海德公園。席德和艾瑞克飛過大理石拱門，發現攝政公園就在那裡，各式花園整齊排列成一個巨大的圓圈。

「你看！」席德指著公園說。

「動物園快到了！」艾瑞克說。「希望還來得及救葛楚德！」

「撐著點，老姑娘！我們來救妳了！」

他們自空中俯瞰，只見最後一批遊客離開動物園，身後的園區大門已經鎖上了。這時，遠方傳來一陣鐘響。

噹！噹！噹！噹！噹！

「五點了！」艾瑞克大喊。

「我們就快到了！」席德回答。

他們再次使用綁在卡車側身的氣瓶，行經動物園上空，一邊看著先前畫的園區地圖，一邊從大象、熊和駱駝上方飛過。這時，前方出現一隻長頸鹿，長長的脖子伸向天空。

「琪琪！呀，快閃開！」席德大叫。卡車正好掠過長頸鹿頭頂。

「有鴨？」艾瑞克一頭霧水。

「不是，我是叫長頸鹿琪琪……唉！算了！」

「長頸鹿在這裡，」艾瑞克看著地圖。「所以葛楚德的籠子在……那裡！」他指著前方大喊。

「幹得好。你一定會成為一個好軍人！」

『我們降落吧！』

他們關閉氣瓶噴嘴，無聲無息地往下飄。艾瑞克望向窗外，眼前的畫面讓他萬般驚恐。大猩猩躺在圍欄區地上，黑暗中佇立著三個身影。從體型和輪廓判斷，應該是佛朗、巴特和納爾。

「不！」艾瑞克驚呼。「我們來晚了！」

27 遭受攻擊

「也許還有希望！」席德說。「他們會先用飛鏢射葛楚德，讓她沉睡，再叫納爾替她注射致命的一針！」

艾瑞克透過車窗望下看，發現納爾小姐手裡拿著針筒。她輕輕敲著針筒裡的液體，然後俯身替大猩猩注射毒液。

「住手！」艾瑞克探出窗外大喊。

地面的三人抬起頭。看到一輛卡車綁著氣球懸在空中，他們都嚇了一跳。

巴特立刻展開行動。

「上方發現敵機，長官！」他大喊。「我們遭到攻擊！」他立刻舉起步槍朝天空開火。

砰！砰！砰！

子彈射穿卡車，打碎了擋風玻璃。

哐啷！

「巴特！」席德怒罵。「我們飛下去，快點，快啊！」

他們調整氣瓶角度，轉開噴嘴。

嘶！

卡車猛地下墜。

砰！砰！砰！

槍聲再度響起，驚擾了園區裡所有動物。

『嗚嗚！』

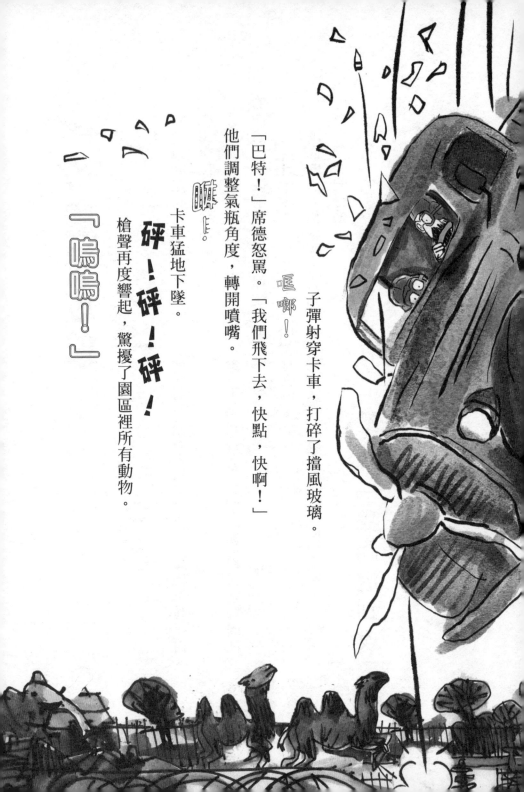

「嘶嘶！」

「**吼！**」

「**哞！**」

『呼呼！』

鳴叫聲如煙火般爆發。

「不會吧！」佛朗氣急敗壞地說。「是席德．普拉特兒和那個討厭的男孩兒！」

「吼吼吼！」納爾咆哮道。

「先生，讓我開槍解決這隻大猩猩！」

「去吧，巴特！」

「吼吼吼！」納爾很不高興。

巴特扣動扳機。

喀嗒！

「我們需要更多空氣！」艾瑞克說。

他和席德轉動閥門，把氣體噴射量調到最大。

咻！

卡車急速下降，猛地撞上籠子頂部……

砰！

……籠頂應聲落下。

「不！」佛朗大叫。籠頂就這樣重擊三人的頭。

碰！碰！碰！

「好痛！」

「哎喲！」

「啊！」

他們全都被打倒在地。昏了過去。

艾瑞克打開車門一躍而下。席德讓卡車飄浮在離地不遠的地方。艾瑞克從佛朗、巴特和納爾身上跨過去。

「各位，對不起。」他一邊道歉，一邊走向葛楚德。

葛楚德雙眼緊閉，動也不動地躺在那裡。

「她還好嗎？」席德在卡車上大聲問道。

「她在睡覺，應該吧……我不知道。」艾瑞克回答，將注意力轉向大猩猩。

「葛楚德！葛楚德！快醒醒！」他搖晃她的身體。

可是沒有反應。

艾瑞克跪下來緊緊擁抱大猩猩。「哦，葛楚德，拜託快醒醒！我們來救妳了！」

他抱著大猩猩毛茸茸的軀體輕輕搖晃，覺得好像有什麼尖尖的東西插在她身上。席德的推測沒錯，那是一支飛鏢——在她長眠前讓她入眠的飛鏢——就插在她背上。艾瑞克握住飛鏢，用力拔出來。

噗！

葛楚德的眼睛立刻睜開，想必是被拔出的飛鏢的震動驚醒了。

「葛楚德！」艾瑞克驚呼。

「咿！」腦袋昏沉的大猩猩發出含糊的叫聲，抱住艾瑞克。

「妳還活著！妳還活著！妳還活著！」

「擁抱是很好！」席德從卡車上大喊。「但這是**救援任務！**」

「我知道！我知道！我知道！」艾瑞克說。「我*太愛她*了嘛。」

「趁這三人醒來前把她弄上車！」

「晚點再抱抱，葛楚德。我保證！」艾瑞克扭著身子從她懷裡掙脫，匆匆站起來，俯身抓住她毛茸茸的大手，想讓她直起雙腳。

「**嘿喲！**」艾瑞克使勁地拉，但睏倦的大猩猩就是不肯動，還打了一個大呵欠。

「**呵～！**」

「席德叔叔！」艾瑞克大喊。「**我抬不動她！**」

「那就把這個綁在她腳踝上！」席德把他們在轟炸機上找到的繩索丟下去。

艾瑞克在葛楚德的腳踝上打了一個非常牢固的結，葛楚德似乎一點也不介意。卡車依舊在旁邊飄浮，高度跟艾瑞克的身高差不多。他急忙爬上卡車。

由於現在多了大猩猩，重量增加不少，氣瓶必須噴出大量空氣才能讓卡車升空。

嘩！

葛楚德被吊到空中，沉重龐大的身軀掃過躺在地上的三人。他們一個接一個甦醒。

「怎麼回事？」佛朗大喊。

「我的頭好痛！」巴特說。

「吼吼吼！」納爾咆哮道。

第一個爬起來的是巴特。

「他們想偷走你的大猩猩，先生！」

「快阻止他們！」佛朗下令。

「吼吼吼吼吼！」

葛楚德以倒吊的姿態升空。巴特及時抓住她的手臂。

「抓到啦！」

巴特隨著大猩猩被拉到空中，佛朗立刻抓住他的腳踝。

「絕對不能讓這兩個人兒逍遙法外！」

納爾也抓住佛朗的腳踝。

「吼吼吼！」她揮舞著針筒放聲咆哮。

大家就這樣一起飛向天際。

28 天大的麻煩

現在又多了三個人把卡車往下拉，氣瓶需要噴出更多空氣才行。

咻！

「快停下來！」巴特在下方大吼。

「把我的大猩猩兒還給我！」佛朗在巴特下方喊道。

「吼吼吼！」最底下的納爾怒聲咆哮。

「哦，不！不應該變成這樣。現在該怎麼辦？」艾瑞克看著席德，表情非常驚恐。

「只能想辦法甩掉他們！」席德氣惱地說。

「我知道一個地方！」艾瑞克看著地圖說。「就在前面！」

「什麼地方？」

「你等等就知道了！」

艾瑞克想起昨晚的大冒險，隨即將身子探出卡車，調整氣瓶的角度，讓他們朝正確的方向前進。

他們飛越獅子區。其中一隻用尖銳如刀的牙齒咬住納爾的屁股。

「吼！」

「吼吼吼！」納爾放聲哀號。

企鵝池就在正前方。

席德揚起微笑。他明白艾瑞克的意思了。他也維持在正確的高度，直接駛向企鵝池。

吊掛在卡車下方的葛楚德正好擦過高聳的樹頂，巴特卻狠狠撞上樹枝。

「好痛！」

撞擊的力道讓原本抓著大猩猩的他忍不住鬆手。

「不！」巴特吶喊。他、佛朗和納爾就這樣從空中墜落。

嘩！

「啊！」

「哎喲！」

「吼吼吼吼吼！」

三人掉在企鵝池裡，發出響亮的落水聲。

「嘎！嘎！嘎！」

企鵝群尖著嗓子大叫，顯然很高興今晚多了不只一個，而是三個新玩伴。

席德和艾瑞克望向窗外，眼前的畫面讓他們失聲輕笑。

「哈！**哈！**」

「放開我！」在水中載浮載沉的佛朗大叫。「不然明天就**不餵你們吃魚兒了！**」

「我的步槍都溼了！」

「吼吼**吼吼吼！**」

卡車駛離動物園那一刻，席德吞了一口口水。他開始意識到剛才發生的事有多嚴重。

「現在不能回頭了！」他說。

「我想我們惹出**天大的麻煩**了。」艾瑞克同意。

29 用力拉

葛楚德用繩子盪來盪去，玩得好痛快。澈底清醒的她正來回晃動身體，在空中盪鞦韆。

「葛楚德還好嗎？」席德臉上寫滿憂慮。

艾瑞克看向窗外。「我從沒見過她這麼開心！」

「嗚咿！」她放聲大叫。

「**哈哈！**我不想打壞她的興致，但我們最好想辦法把她拉進來！」

兩人像漁夫拉起裝滿漁獲的漁網，卯足了勁用力拖，打開後座車門。大猩猩碰地掉進卡車裡，正好壓在艾瑞克身上。

「哎喲！她好重喔！」

大猩猩坐在艾瑞克腿上，伸出雙臂摟著他，在他的臉頰上親了一下。

「**媹啉！**」

「葛楚德，冷靜點！」艾瑞克笑著說。

「你救了公主，她有權用一個吻來感謝英勇的騎士！好了，老姑娘，坐過去一點！」

席德引導葛楚德坐在他們中間，艾瑞克則解開她腳踝上的繩子。與此同時，葛楚德找到一頂備用飛行頭盔和一副護目鏡。她想融入大家，於是便戴上裝備。現在她看起來也像一位真正的飛行員。

呃，而且是體型巨大、全身毛茸茸的飛行員。

「我們成功了！」艾瑞克歡呼。

「真的成功了！」席德附和道。

他們倆給了葛楚德一個大擁抱。卡車直直飛向攝政公園上空。

「妳還好吧，老姑娘？」席德問道。

大猩猩伸出舌頭，發出又長又響的噗噗聲。

「噗——！」

「看來她再好不過了！」艾瑞克大笑。「哈哈哈！」

然而，他的笑聲轉瞬即逝。卡車周圍突然響起炮彈爆炸的聲音。地面高射炮正對著他們開火。

轟！轟！轟！

「他們一定以為我們是納粹戰機！」席德驚呼。

「不——」艾瑞克大叫。

30 毛茸茸的肉醬

「嗚——！」空襲警報響起。

炮彈在他們周圍爆炸，卡車如雲霄飛車般劇烈搖晃。

「哇啊啊啊！」葛楚德害怕地尖叫，開始在車裡掙扎。

「葛楚德，冷靜！」艾瑞克大喊，想安撫她的情緒。但顯然葛楚德就跟他一樣，被這些炮彈嚇壞了。

「往上！快點！繼續往上！」席德說。卡車飛得愈來愈高。

炮彈依舊如雨點般落在四周，爆炸聲此起彼落。

砰！砰！砰！

就在這個時候，車裡突然一陣灼熱。

席德望向窗外的防空氣球。只見氣球側身被火焰吞噬；一定是有炮彈在氣球旁邊爆炸了。

砰！

「現在怎麼辦？」艾瑞克問道，和葛楚德緊抱在一起。

「氣球隨時都會爆炸！」

「天啊，不會吧！」

「就是會。我們必須緊急降落！」

這時，上方傳來一陣引擎轟鳴聲。

轟轟轟！

艾瑞克望向窗外。

數百架戰機在上空編隊飛行，將天幕分割成無數碎片，看起來有如拼圖，而且那些飛機的尾翼上還畫著納粹黨徽。席德、艾瑞克與葛楚德就這樣直直闖進開戰以來規模最大的空襲行動。

「這是在開玩笑嗎！」艾瑞克大喊。

「我很確定不是！」席德厲聲說。

納粹戰鬥機對防空氣球

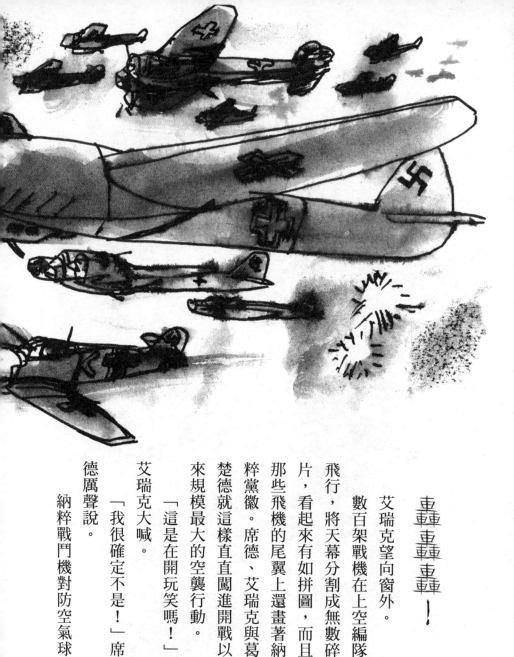

猛烈開火，想替轟炸機淨空航線。

噠噠噠！

他們三個現在腹背受敵。下有英國高射炮，上有德國戰鬥機。

砰！砰！

砰！

噠噠噠！

轟轟轟！

防空氣球很快就被炮火擊中！

應聲爆炸！

氣球瞬間化成巨大的火球，爆出灼燒的熱浪和眩目的光芒，卡車也跟著墜落，在空中不停翻滾。

咻！

「我們死定了！」席德大叫，雙手仍緊握著方向盤。

「**香蕉行動**還沒結束！」艾瑞克回答。「我們還有**降落傘**！」

艾瑞克伸手探進卡車後方，拿出他們在納粹轟炸機上找到的三個背包。

「你有跳過傘嗎？」席德問。

艾瑞克搖搖頭，葛楚德也搖搖頭。很合理，大猩猩跳傘這種事可不是每天都看得到。

「我也沒有。」席德說。

「但我在週六早上播的電影裡看過！」艾瑞克邊說邊替葛楚德背上背包綁緊，自己也穿好裝備。

「只要拉這條繩子就行了！」他指著掛在背包上的傘繩說。

他們伴隨著轟隆的風聲急速下墜。一看到地表，艾瑞克便打開駕駛座車門。外頭的空氣咻地湧進來。

「該走了！」他用懇求的語氣說。

大猩猩葛楚德一點也不想跳。外面似乎比車內更危險。

她用那雙巨手死命抓住座椅。

「葛楚德！**快點！跳啊！快跳！**」艾瑞克大喊。

大猩猩抓得更緊了。

沒辦法了！艾瑞克得把她推下去！

「對不起，葛楚德，妳讓我別無選擇！」說完，他就把大猩猩推出卡車。

「**嗚！嗚！**」沒東西抓的她立刻往前倒，發出陣陣哀號。

葛楚德以飛快的速度急墜而下。

「**繩子！**」艾瑞克像突然想起什麼似地大喊。「她不知道怎麼拉繩子！」

艾瑞克立刻從車頭縱身一躍，
迅速掠過空中。
席德也跟著跳，抓住傘繩用力
一拉。
咻！
啪啪！
啪啪！

降落傘瞬間打開，他慢慢飄向地面。
艾瑞克看見葛楚德在下方張開雙臂，像小鳥一樣猛烈拍打。

不用說也知道，這樣是沒用的。如果艾瑞克不快點抓住葛楚德，她就會摔落在地，變成一灘**毛茸茸的肉醬。**

艾瑞克的雙手緊貼著身體兩側，好盡快飛越天際。他下墜的速度比葛楚德更快。

咻！

沒多久，他就追上她了。

一看到朋友從天而降來到她身旁，葛楚德立刻伸手抓住他。

「嗚嗚！」她失聲驚叫，臉上滿是恐懼。她緊抱著艾瑞克，讓他無法移動手臂。

「葛楚德！」艾瑞克大吼。「我要拉妳的降落傘繩！」

他往下看。要是不快點拉傘繩，他們倆都會摔成肉醬，只是一個有毛，一個沒毛。就在這個時候，艾瑞克靈機一動。葛楚德的降落傘繩不停拍打他的臉。他伸長脖子咬住繩索，將頭往後一拽。

唰！

啡！

降落傘立刻打開，葛楚德綻出燦爛的笑容。

「嗚咿！」她放聲大叫，慢慢飄落空中。

艾瑞克低頭查看，發現地面近得驚人。

剛才他太過激動，以致忘了拉自己的傘繩。

他拉動繩子……

拉！

……可是，**災難中的災難**發生了。繩子應聲斷裂。

啪！

「不——！」

艾瑞克大叫。

31 結局？

我知道你在想什麼：艾瑞克不能死，因為故事才講到一半，還有很多頁耶！要是他死了，怎麼還會有下面的故事呢？

這個嘛，**被你猜中了！**

艾瑞克沒死。

雖然他在沒有降落傘的情況下從高空墜落，但他是本書的主角，所以會活下去。

目前是這樣啦。

但他怎麼會沒事呢？

撲通！

艾瑞克掉進九曲湖，也就是海德公園裡的大湖。

「哎喲！」他重重撞上水面。

啪！

感覺就像整個身體被打了一巴掌。

他直直沉入幽暗的湖水。

咕嚕嚕！咕嚕嚕！咕嚕嚕！

艾瑞克背上的降落傘受到撞擊的影響，終於咻地打開。然而，此刻的降落傘看起來不但無法救他，反而還會要他的命。巨大的絲製傘面又重又沉，把他

往下、

往下、

再往下，

拖進了黑暗的湖水深處。

艾瑞克拚命扭動，總算掙脫了降落傘。他對著湖底雙腳一蹬，迅速浮出水面。

「呼啊！」艾瑞克吸了好大一口氣。他這輩子從來沒這麼感謝自己能呼吸。他還活著！

不過當時正值十二月——湖水冷得要命！若不趕快離開，一定會被凍死。當然啦，除非他沒先被天鵝給啄死。

「嘎嘎！」可怕的天鵝邊叫邊用鳥喙攻擊艾瑞克。

「走開！」他不停用水潑牠們。天鵝群往後退，開始繞圈，替艾瑞克爭取到一點時間。他抹去眼裡的湖水，赫然發現卡車朝他直衝而來，後面還拖著燃燒的氣球。

咻！

要是他不快點閃開，一定會被卡車撞得粉身碎骨。

艾瑞克飛快潛入湖裡……

嘩啦！

……卡車砰地墜湖，差一**點點**就壓到他了。

卡車和防空氣球慢慢沉進湖底。艾瑞克抬起頭，只見英德雙方在空中激戰。德國轟炸機不停投放炮彈，對倫敦狂轟猛炸。

英國噴火式戰鬥機企圖擊落那些轟炸機，納粹戰鬥機則試著保護自家人免受炮火波及。

噠噠噠！

同一時間，炮彈一枚接一枚地自地面射上高空。

砰！砰！砰！

燃燒的飛機如煙花般翻滾墜落，炸彈宛若雨點猛砸下來。

一陣混亂中，艾瑞克注意到天上有兩個白色圓圈。

是降落傘！

席德和葛楚德還活著！

艾瑞克游向湖岸，途中不停潑水趕走天鵝和似乎打算攻擊他的鴨子……

呱呱呱！

……他看見葛楚德安全降落在前方的草地上。

「**葛楚德！**」他大叫。可是周遭的爆炸聲震耳欲聾，大猩猩沒聽見他的呼喊。

顯然葛楚德很喜歡這趟旅程，因為她在原地跳上跳下，身後的降落傘不停拍動，看起來似乎想再度翱翔天際。

『**呼呼！呼呼！**』她一邊跑過公園，一邊發出呼呼聲，想替降落傘充氣，好讓自己飛離地面。

與此同時，席德也降落了。只是他沒那麼幸運，直直撞上一棵高聳的大樹。

「**哎喲！**」他痛苦呻吟。「有根樹枝刺進我屁股裡了！」

艾瑞克拖著又溼又冷的身軀爬上岸，飛快跑向大樹。

「救命啊！」席德大叫。「要是我跌下去，可能會摔斷腿！」

在大樹旁的艾瑞克愣了一下。

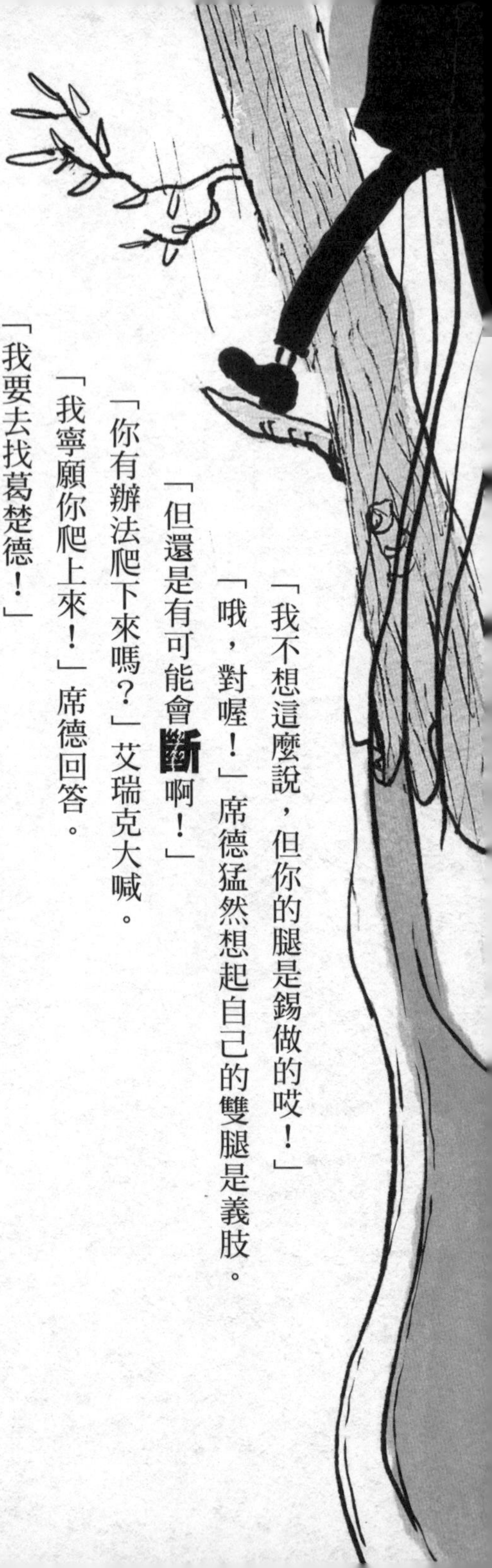

「我不想這麼說，但你的腿是錫做的哎！」「哦，對喔！」席德猛然想起自己的雙腿是義肢。

「但還是有可能會**斷**啊！」

「你有辦法爬下來嗎？」艾瑞克大喊。

「我寧願你爬上來！」席德回答。

「我要去找葛楚德！」

「好啊，現在我的地位比一隻大猩猩還不如！」

「**她可能會跑掉！**」

「對啦對啦，你快去找葛楚德！別管可憐的席德老叔叔了！」

艾瑞克嘆了口氣，搖搖頭，朝大猩猩的方向跑去。九曲湖的天鵝群注意到葛楚德，紛紛圍著她轉，發出威嚇的嘶嘶聲。「嘶嘶！」這群天鵝可能沒看過大猩猩，就像葛楚德之前從未見過天鵝。

一開始，葛楚德就跟平常一樣調皮愛玩，但後來有隻天鵝啄她的屁股……

啄！啄！啄！

……她就笑不出來了。強壯的葛楚德猛地轉身，露出尖牙，對那隻天鵝咆哮。

「嘶嘶嘶！」

天鵝群立刻四散奔逃。

「葛楚德！」艾瑞克衝上前抱住她。「謝天謝地，妳還活著！」

大猩猩顯然很高興看到他，又在他的臉頰親了一下，給他一個滿是口水的吻。

「姆嘛！」

「哈哈！」艾瑞克笑了起來，葛楚德的毛搔得他的臉好癢。「好了好了！知道了！妳很高興看到我，我也很高興看到妳！但我們得先去救席德叔叔。呃，對妳來說是席德而已，不是叔叔！」

艾瑞克拿下葛楚德身上的背包，牽著她走到大樹旁。席德依舊被困在樹上。

倫敦戰火紛飛，轟炸聲不絕於耳。每一次爆炸，艾瑞克都能感覺到葛楚德緊握他的手。

轟！

「我會保護妳！」艾瑞克向她保證。英德雙方持續在上空交火。

「快救我下去！」席德在樹上大喊。

「別急！」艾瑞克說。「我來救你了！妳在這裡等！」他一邊爬樹，一邊叮嚀葛楚德。

當然，艾瑞克不懂大猩猩的語言，就像大猩猩不懂人類的語言一樣。

葛楚德也開始爬樹。身為猿類的她非常擅長這項活動，一轉眼就爬到樹頂。儘管語言不通，她還是比了個手勢，指指自己的背。

「什麼意思啊？」席德問道。

「她要你上去？」艾瑞克猜。

席德爬到葛楚德背上，他們倆很快就安全著陸。

「哇，這還是**頭一遭**呢！」席德趴在葛楚德背上說。「我之前從來沒騎過大猩猩。不知道她能不能背著我一路走回家！」

聽到這裡，葛楚德立刻搖搖頭，讓席德滑到地上。

「看來是不行！」艾瑞克說。

他一手牽著大猩猩，另一手牽著席德。

「你又跑去游泳啦？」席德覺得艾瑞克的手溼溼的。

「算是吧，」艾瑞克回答。「好啦，我們回家吧。我快**凍、凍僵了～！**」

看到艾瑞克發抖，大猩猩立刻用毛茸茸的粗壯手臂摟住他，替他保暖。

「謝謝妳，葛楚德。」

大猩猩只是點頭笑笑。他們踏上漫長的回家路。艾瑞克心裡暗暗祈禱，希望不會有人攔住他們。他們要怎麼解釋身邊有隻**巨無霸大猩猩？**

32 唸唸有詞

他們飛快跑過倫敦街頭，炸彈不停落在四周，應聲爆炸。

轟！

塵埃和碎片到處亂噴。唯一照亮歸途的光，是炸彈爆出的紅黃色火光。民宅、商店、酒吧全都被火舌吞噬，消防員和居民則奮力撲滅火勢。濃濃的黑煙如浪濤翻騰，直竄天空。

葛楚德一定覺得倫敦很奇怪，特別是在這樣的夜晚。她抱住艾瑞克，艾瑞克也馬上抱回去。他們緊挨著建築物，在陰影中悄悄前進，以免被別人發現。

「快到了！」席德用氣音嘶嘶說。他們走過轉角，踏上席德家所在的那條路。

「站住！」一個聲音後方傳來。他們三個全都嚇得僵在原地。

艾瑞克轉過身。

他一眼就知道眼前這個人是防空隊員。她戴著一頂外型有如倒放布丁碗的錫製圓帽，非常好認。這個防空隊員看起來不好惹。她神情乖戾，口中唸唸有詞，胸前那塊看起來很正式的名牌上寫著「妮娜．米斯拉」。

「現在實施燈火管制，你們三個跑到街上做什麼？你們一定有聽到空襲警報，應該待在避難所才對。警報還沒解除！」

他們三個什麼也沒說。防空隊員打開手電筒，上下打量他們。

「一個小男孩，一個老人和……一隻**大猩猩**！你們帶大猩猩出來做什麼？」

艾瑞克和席德互看一眼。

「說啊？」妮娜追問。

「這不是大猩猩，米斯拉太太。」艾瑞克看了她的名牌一眼，決定說謊。

「是米斯拉小姐！」她立刻糾正。「哼，在我看來，牠就是大猩猩！」

「只是一個扮成大猩猩的人啦。」艾瑞克說。「我們剛才去參加**化裝舞會**！我扮成溼答答的小男孩，那個……呃……」

「我扮成動物保育員！」席德插嘴。

防空隊員走上前來仔細端詳，手電筒的光直射葛楚德的臉，讓她忍不住瞇起眼睛。

「這套大猩猩裝做得**還真像**！」妮娜說。

「她對大猩猩裝很講究，絕對不會省材料！」艾瑞克繼續說謊。「一定要用最好的！」

「是誰很講究？嗯？快說，裡面的人是誰？」

她湊近細看大猩猩的臉，直盯著她的雙眼。

『噗！』

葛楚德嘟嘴發出噗噗聲，噴得防空隊員滿臉口水。

噴！

「她有時候會這樣，」艾瑞克連忙解釋。「我阿姨……嗯，呃，伯納！」

「伯納？」防空隊員哼了一聲。「你阿姨的名字還真有趣！」

「伯納阿姨的確很有趣！」

「那個，如果妳不介意，米斯拉太太……我是說，米斯拉小姐，」席德的嗓音透著一絲慌張。「我們該回家了。妳看，我家就在那裡，」他指著房子說。「而且納粹轟炸機還沒走，還是小心一點比較好。」

說完，席德便帶著葛楚德和艾瑞克穿過馬路，來到家門口。

「站住！」後方再度傳來一聲叫喊。

他們三個僵在原地，好像路中央的雕像。

「你伯納阿姨走路的方式跟猴子**一模一樣！**」

「嚴格來說，大猩猩不是猴子，是猿類，」艾瑞克糾正她。一講到動物，他就無法克制自己。「總之她喜歡融入化裝舞會的角色，就這樣！再見！」

防空隊員大步走向他們。「在我看到裡面是誰之前，你們哪都不能去！」

妮娜把手放在葛楚德頭上。從葛楚德的表情來看，她很不喜歡這樣。

「妳在做什麼？」艾瑞克問道。

「我要把她的面具摘下來！」妮娜抓住大猩猩頭上的毛髮。

「如果我是妳，絕對不會那麼做！」席德大喊。

「為什麼？」

「伯納阿姨無時無刻都在玩角色扮演，她喜歡這樣！」艾瑞克連忙解釋。

「胡扯！」妮娜說完便猛拉大猩猩的毛髮。

「咿咿咿！」葛楚德痛苦哀號。

「住手！」艾瑞克央求。

「面具怎麼拿不下來！」防空隊員又使勁拉。

「咿咿咿！」

「拜託妳快住手！」艾瑞克再次哀求。

「不然你想怎樣？」

「咿咿咿！」

「伯納阿姨可能——」

艾瑞克還來不及說完，葛楚德就把妮娜拎起來，高舉過頭。

咻！

「放我下來！」妮娜大聲抗議。

「放我下來！」

33 搗蛋鬼

「拜託，葛楚德，拜託妳把她放下來，求求妳！」艾瑞克不斷懇求。

他很努力想跟大猩猩講道理。雖然葛楚德是隻溫和的大猩猩，但還是大猩猩。

「千拜託萬拜託！」席德加上一句。

葛楚德歪著頭，好像在試著理解他們的意思。

「**放我下來！**」妮娜用命令的口氣說。

「**快放下！**」艾瑞克重複。

大猩猩低下頭，彷彿在說：「你要她下去？」

「對！」艾瑞克大喊，心想就快成功了。「**放下！**」

葛楚德立刻把妮娜頭下腳上地扔進垃圾桶。

那想必是她昏倒時，頭盔撞上金屬垃圾桶底部的聲音。

「**哦，不！**葛楚德，妳太頑皮了！」艾瑞克大聲斥責。

大猩猩聳聳肩，露出淘氣的笑容，看起來好像是故意這麼做的。

「她沒事吧？」艾瑞克問道。

兩人把妮娜從垃圾桶裡抬出來，放在地上。席德俯身貼近她嘴邊細聽。

「她還在呼吸，只是昏過去了。」

「我們不能讓她躺在路上。」

「喔，當然不行。來吧！葛楚德，剛才那樣真的很不乖！」他邊說邊對著大猩猩搖手指。

葛楚德往後看，好像在說：「你在罵誰啊？」

她不屑地噴噴鼻息。

「哼！」

葛楚德轉向其中一棟房子，看著窗戶裡的倒影，把剛才被妮娜粗暴亂扯而豎起的毛髮弄平。

「好了，艾瑞克，你抓她的手臂，我抓她的腿！數到三！一，二，三！」

兩人把妮娜抬起來，輕輕放在附近的公車站長椅上，讓她呈坐姿。

「米斯拉小姐可以睡在那裡！」席德說。

「這樣她早上如果要坐公車回家也很方便！」

「沒錯！」席德說完便將注意力轉向葛楚德。大猩猩還在整理儀容，看起來就像逛化妝品專櫃的時髦小姐。「走吧，妳這個搗蛋鬼。」

他和艾瑞克牽起葛楚德的手，沿著冷清的街道走回家。就在這個時候，空襲警報解除的信號聲響起。

嗚——嗚——！

他們鬆了一口氣。這場空襲終於結束了。那些未被擊落的德軍轟炸機正飛回德國。

34 粉紅花邊睡袍

席德和艾瑞克來到那棟附有露臺的小屋，走進家門。很難說誰比較高興看到他們。

是那群動物，還是貝西？

席德的頭號粉絲穿著粉紅花邊睡袍，等他們回來等了一整夜。

「我的席德！」

她跑過走廊，直直衝向他。

貝西從那群動物身旁飛奔而過，撲向她的摯愛。席德在她的懷抱中驚愕地瞪大雙眼。「感謝上帝，你沒事！」

「我沒事。」席德邊說邊掙扎著想呼吸。貝西抱得太緊了。她剛才那一撲的力道之大，他的錫腿實在承受不住。

鏗啷！

他們倆前後搖晃，雙雙跌倒在地。

碰！

貝西坐在席德身上，席德則呈大字型躺在地上。

「噢，席德！你這個老壞蛋！」

「哈哈！」艾瑞克暗自竊笑。

「誰快扶我起來？」席德說。

「別急嘛！」貝西嬌嗔。

「不行，快點！快！快！」

艾瑞克先扶貝西起來。

「我很喜歡那樣耶！」她嘆了口氣。

接著他們倆扶席德起來。

「我可不喜歡！我差點不能呼吸！」席德沒好氣地說。

他開始問候那群毛小孩。牠們看到他回來都好開心。一隻鸚鵡、一頭小象、一隻海豹、一隻紅鶴、一隻鱷魚、一隻大屁股狒狒，還有一隻直起後腿的巨型陸龜，全都在用爪掌抓他、用鼻子蹭他、用舌頭舔他，真的很不可思議。

「我好想你們，我的小可愛！」席德說。

「哦，我知道這是誰！」貝西看著大猩猩柔聲說。「天啊，她好美喔！」

「這是我們家的新成員——」艾瑞克說。「葛楚德！」

大猩猩跟其他動物打招呼，彷彿見到老友。有些是她之前在動物園認識的，有些是第一次見面。不管怎樣，她都用滿滿的愛、擁抱、撫摸和親吻向牠們表達善意。

「怎麼會有人想傷害這隻美麗的大猩猩呢？」貝西說。「好了，葛楚德喜歡吃什麼？我來幫她準備一頓美味的歡迎饗宴！」

「她最喜歡吃香蕉了！」

「香蕉恐怕沒辦法，戰爭時期太難買了！」

「那葡萄乾呢？」

「我剛烤了一個水果堅果蛋糕，裡面有很多葡萄乾！」

「聽起來好好吃哦！她一定會喜歡！」艾瑞克歡呼。

葛楚德急切地點點頭，舔舔嘴唇。

舔！

「我也要吃！」席德插嘴。「對了，還要一杯香濃的熱巧克力！」

「如果是蛋糕和熱巧克力，那我也想吃！我快餓死了！」艾瑞克補上一句。

「我這就去準備！」貝西連忙從後門走出去。

艾瑞克癱倒在廚房的椅子上打呵欠。

「吃完蛋糕配熱巧克力後，我就要上床睡覺。」他說。

席德眼裡閃著憂懼的光芒。

「怎麼了？」艾瑞克問。

「我們不能待在這裡！」席德說。

「為什麼？」

「他們一定會來抓我們。」

「誰？」

「**每個人**！佛朗、巴特和納爾！他們說不定已經報警了。還有防空隊員！她很快就會醒來，而且她知道我住哪裡。」

「她怎麼會知道？」

「我剛才不是指著房子嗎！」

「哦，對喔。那樣的確不太聰明。」

「**不太聰明！**」停在艾瑞克肩上的獨翼鸚鵡帕克複述。

「妳給我閉嘴！」席德喝斥。

「**妳給我閉嘴！**」鸚鵡又重複一遍。

「這小傢伙還真厚臉皮。」席德咯咯輕笑。

「我們要躲去哪裡？」艾瑞克又問。

「我們要離開倫敦！這間房子太小，實在容不下一隻成年大猩猩。別誤會，葛楚德，我沒有惡意！」

大猩猩正忙著把狒狒波蒂身上的跳蚤抓出來吃。她轉頭看著席德，聳聳肩。

「我們需要一個寬敞的地方，這樣她就能盡情閒晃了！」

艾瑞克從小到大沒離開過倫敦。有些同學會炫耀自己去海邊一日遊，艾瑞克一直很想去。他爸媽以前經常聊起這件事，可是……唉，夢想從未實現。

「我們帶葛楚德去海邊怎麼樣？」艾瑞克提議。

「現在是十二月耶？」席德說。「會颳強風的！」

「哦，對喔。你說得對。這個主意太蠢了。」艾瑞克好沮喪。

這時，席德的臉突然亮了起來。「不會，一點也不蠢！這個主意**太妙了**！冬天很少人去海邊，沒有人會跟我們擠！我小時候住過一家老旅館，那是上個世紀的事了！我很喜歡那間旅館，就在博格諾里吉斯郊外的山丘上，從那裡可以看到所有進出樸茨茅斯港的英國軍艦。戰爭爆發前，我回到那裡，想憑著記憶重遊舊地，卻發現旅館封起來了。這是我們藏身的好地方！」

「太棒了！那間旅館叫什麼名字？」艾瑞克問道。

「觀海樓！」席德說。

「觀海樓！」鸚鵡帕克重複道。「觀海樓！觀海樓！」

35 水果堅果蛋糕

席德和艾瑞克一邊喝熱巧克力、吃水果堅果蛋糕（其中大多被動物狼吞虎嚥地吃光），一邊拼湊他們這場**香蕉行動**的最新計畫。現在快午夜了，警察隨時都有可能來敲門。他們決定在黎明拂曉時出發，帶著葛楚德去海邊避一避，鸚鵡、小象、海豹、紅鶴、鱷魚、陸龜，當然還有那隻大屁股狒狒則留在家裡，由鄰居貝西照顧。

問題是，他們要怎麼把葛楚德帶到海邊？博格諾里吉斯離倫敦大約八十公里。席德沒有車，貝西也沒有，艾瑞克和葛楚德當然更不用說。畢竟大猩猩**沒辦法**買汽車保險。

徒步走路實在太遠，尤其是席德又穿著老舊的義肢，因此火車似乎是最佳選擇。但是，他們要怎麼把大猩猩偷帶上火車，又不被人發現呢？

艾瑞克注意到廚房角落有一輛**破舊的輪椅**。

「也許可以用這個？」他說。

「給我坐嗎？」席德問道。

「不是，給葛楚德！」

「戰爭結束後，醫院把輪椅送給我。護理師跟我說，如果有需要可以坐輪椅，以減輕義肢造成的負擔。」

「我們可以讓葛楚德坐輪椅，推她上車！」

「可是有眼睛的人都看得出來她是一隻大猩猩啊！」

「那我們就替她扮裝！」

「扮成什麼？紅毛猩猩？」

「不是！」艾瑞克說。「那樣未免太蠢了。」

「沒有人會搜找一隻逃跑的紅毛猩猩，」席德推論。「我們只要把果醬塗在她身上，她就會變成橘色的！」

葛楚德擺出苦瓜臉。她一點也不喜歡這個主意！

「不行！」艾瑞克大聲否決。

「好啦好啦，沒必要用吼的吧。」

「沒必要用吼的吧！」鸚鵡帕克重複。

「我們得讓葛楚德喬裝成人類！」艾瑞克說。

他們倆轉頭看著那隻盤腿坐在地上的大猩猩。她正大口吃著貝西帶來的水果堅果蛋糕。

嚼！嚼！嚼！

接著葛楚德站起身，四肢著地，在房間裡走來走去尋找蛋糕屑，還不時抓抓屁股。

「到底要怎麼把她扮成人？」席德問道。

「幫她穿衣服啊！」

「對，我們愛怎麼替她打扮就怎麼打扮，可是她那張臉呢？雖然很漂亮，卻會洩露真相，因為五官非常像大猩猩！」

「你說得對，」艾瑞克陷入沉思。「也許可以讓她戴防毒面具？」

「我覺得她不會喜歡！」

「值得一試！」

由於英國政府擔心納粹使用毒氣攻擊，因此決定發放防毒面具給民眾。艾

嘎嘎！

瑞克拿起席德放在廚房桌上的防毒面具，試著套在葛楚德臉上。

不出所料，大猩猩立刻放聲尖叫：

「咿咿咿──！」

她扯下面具丟到廚房另一邊。

幸好鸚鵡帕克及時躲開。

防毒面具打中一張掛在牆上的鑲框

砰！

噹啷！

照片。

「這個主意不行！」艾瑞克皺起臉承認。大猩猩點頭表示同意。

艾瑞克走過去撿起相框。

那是一張老舊的褪色黑白照，是年輕的席德結婚那天的照片。

照片裡的他站在戴著頭紗的新娘

希妲阿姨身邊，看起來很自豪。

席德的妻子希妲多年前因病過世，席德家裡到處都有她的紀念物。

「還是我們讓葛楚德穿婚紗？」艾瑞克說。

席德噴出嘴裡的熱巧克力……

噗！

……灑在狒狒波蒂身上。她迅速拉起網紗窗簾。

「婚紗？」席德大聲說。「為什麼要讓葛楚德穿婚紗？」

「這樣就可以用希妲阿姨的頭紗遮住她的臉了！」

席德沉默了一會。「這個主意還不錯！」

「謝謝！」艾瑞克得意地說。

「可是這麼晚了，要去哪裡買婚紗呢？」

「貝西會有嗎？」

「我很懷疑。貝西又沒結過婚。」

「應該快了吧！」艾瑞克用戲謔的語氣說。

「好了啦！」

「說不定她能幫我們做一套！」

「要用什麼做？」

艾瑞克站起來跨過鱷魚，走到窗前，抓起網紗窗簾，裹在自己身上。「用這個！」網紗窗簾又長又白又皺，跟婚紗沒兩樣。

「你真聰明！」席德讚許。

「真聰明！真聰明！」鸚鵡帕克重複。

狒狒從窗簾杆跳下來，蹲坐在艾瑞克頭上。

「現在不行，波蒂！」艾瑞克邊說邊把她抱到桌上。

這時，貝西端著托盤從後門快步走進來。盤子上的餅乾堆得像小山一樣高。

「餅乾來囉，小可愛！」她柔聲呼喚，所有動物立刻蜂擁而上，急著想吃東西。「哦！冷靜點！一個一個來！」她大喊。

「貝西，」席德開口。「我們需要妳的幫忙。」

「我願意為你做任何事，我的席德！你知道的！」

「我想請妳幫忙做一套婚紗！」

貝西眼裡盈滿淚水。「噢，我的席德！我從沒想過會有這一天！」

她衝過去擁抱席德，在他臉上親了好幾下。

「**婚嘛！婚嘛！婚嘛！我願意！我願意！我願意！我願意！**我願意嫁給你，我的席德！我們會在一起一輩子，直到永遠的永遠！」

席德吞了一口口水。

咕嘟！

然後盡可能禮貌地推開貝西。

「不是，不是這樣！」他急忙解釋。「婚紗不是給妳穿的！」

「哦，所以你有別的女人了！你可以告訴我這個臭女人叫什麼名字嗎？」

她問道。

「**她叫葛楚德！**」

貝西一臉困惑，露出厭惡的表情。

「你要跟一隻猴子結婚？」

「大猩猩是猿類！」艾瑞克惱怒地糾正。

「你要跟一隻猿結婚？」

「不是！」席德厲聲喝道。「沒有人要結婚。我們要讓葛楚德假扮成新娘。」

「為什麼？」

「這樣就可以用頭紗遮住她的臉，」艾瑞克回答。「沒有人會知道她是大猩猩！」

「哇，這招聰明！太厲害了。我當然願意幫忙。我們動工吧！」

他們扯下網紗窗簾，替葛楚德量尺寸，開始替她縫製漂亮的婚紗。

36 男伴娘

當太陽開始從悶熱的倫敦升起時，新娘的服裝終於完成了。它包括：

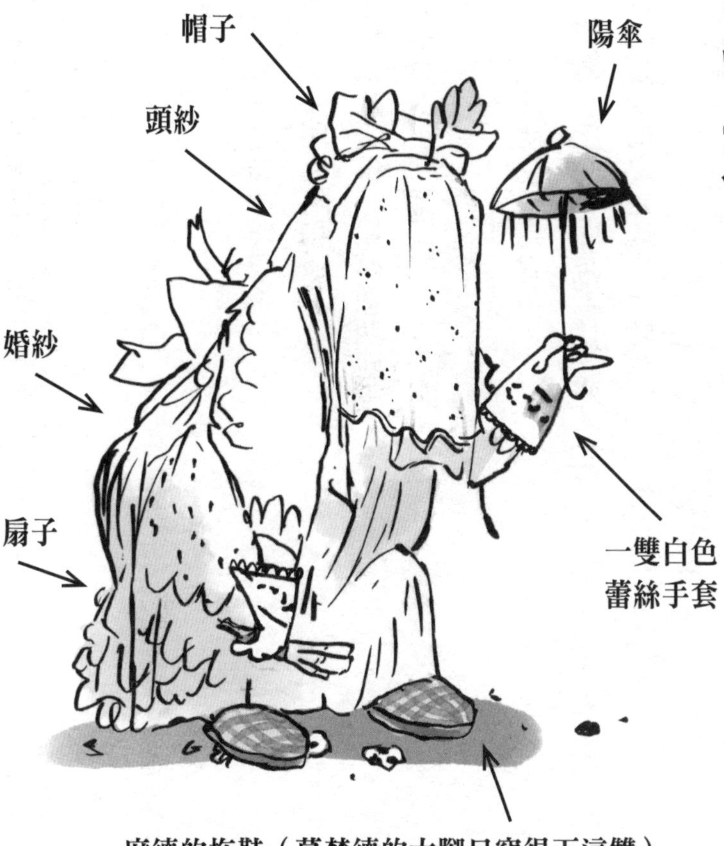
席德的拖鞋（葛楚德的大腳只穿得下這雙）

唯有一樣東西能誘騙葛楚德穿戴這套服裝

和配件。那就是更多水果堅果蛋糕。

噹—、噹—、噹—！

葛楚德大啖貝西的美味家常料理，其他三人在一旁忙得團團轉，替她做好搭火車去海邊的準備。

「她看起來好可愛喔！」席德輕聲說。

「好漂亮的新娘！」艾瑞克附和道。

「我每次參加婚禮都會哭！」貝西哽咽地說。

「這又不是真的婚禮！」席德提醒。

「哦，對喔。」

「這只是偽裝啦。」艾瑞克補充說明。

「而且是很棒的偽裝！」席德語帶敬佩地說。「好了，坐下吧，老姑娘！」

他溫柔引導正在吃蛋糕的葛楚德坐上輪椅。

噹—、噹—、噹—！

「好，席德叔叔，你得穿得像新郎！」艾瑞克說。

「我？」

「對啊！假裝你們倆是新婚夫妻，要是被人攔住問話，就說你們要去海邊度蜜月！」

「可是……可是……可是……」席德很不甘願。

「沒有可是，席德！」貝西厲聲說。「聽這孩子的，他比你聰明多了！快點上樓，穿上你最好的西裝！」

「哼！」席德發牢騷表達不滿。「那艾瑞克呢？」

「哦，對！」貝西說。「他也需要假身分作掩護！」

艾瑞克不安地挪動雙腳。

「我想到了！」貝西大喊。「你可以當可愛的小花童！」

「什麼是花童？」艾瑞克納悶。

「類似男伴娘那樣！」

「不用了，謝謝！」他沒好氣地說。

「好了，別這樣，大家都有角色。你當然不能例外！」

「那花童都穿什麼？」

「通常是穿維多利亞時代的水手服！」

「我才不要咧！」艾瑞克大叫。

「我去看看能找到什麼！馬上回來！」

艾瑞克還來不及生悶氣，貝西就匆匆回到隔壁的家，拿了一袋雜物過來。裡面的東西看起來很像她的內衣。

「我才不穿那種衣服！」艾瑞克氣呼呼地說。

「別急！我來施點**魔法**！」

一轉眼，貝西就替他穿戴各種雜七雜八、綴有蕾絲花邊的衣服和裝飾。他看起來就像古代上流社會的愚蠢有錢人。

「我不要穿這個！」艾瑞克再次抱怨。

「沒時間吵了！」貝西說。

這時，一陣如雷般響亮的敲門聲傳來。

叩！叩！叩！

「糟了！」艾瑞克用氣音說。

席德還在樓上換西裝。

「要開門嗎？」艾瑞克問道。

「不要，」貝西回答。「我們保持安靜，說不定這樣他們就會離開了！」

叩！叩！叩！

敲門聲再度響起，而且這次更大聲。

「別說話！」貝西低聲叮囑。

「別說話！」鸚鵡帕克學她。

「閉嘴，妳這隻笨鳥！」貝西低聲說。

「閉嘴，妳這隻笨鳥！」笨鳥再次重複。

「我們聽得到有人在裡面！」一個聲音從信件投遞口傳來，聽起來很像妮娜．米斯拉小姐。「馬上開門，別逼我們破門而入！」

「破門而入！破門而入！」帕克跟著說。

「好吧！我們說到做到！」妮娜回答。

「快躲起來！」貝西用氣音對艾瑞克說。「等等！來了來了！」

她關上廚房的門。艾瑞克跪下來從鑰匙孔偷看。只見貝西替防空隊員開門。這次她不是一個人，身旁還有兩名神情嚴肅的警察。

「怎麼了？有什麼事嗎？」貝西盡可能裝出無辜的語氣，但聽起來實在不太無辜。她的個性太善良，不擅長說謊。

看到貝西來應門，妮娜一臉困惑。

「這裡不是住著一個老人、一個小男孩和一個……呃，扮裝成大猩猩的夫人嗎？」妮娜問道。

「我想想——」貝西回答。「不，只有我！我一個人住在這裡，沒有丈夫，沒有兒子，也絕對沒有人扮裝成大猩猩。要是有，我一定不會忘記。對不起，妳找錯人了！晚安！」

貝西想關門，但妮娜立刻用靴子擋住。

「別急！」她說。「我們聽到信件投遞口裡傳來另一個聲音，聽起來有點沙啞。那是誰？」

「我不知道妳在說什麼！」貝西說謊。「我真的該上床睡覺了。」

「上床睡覺！上床睡覺！」鸚鵡帕克重複。

「就是這個聲音！」妮娜大喊。

「只是回聲而已！」貝西再度說謊。

「回聲？」

「回聲！回聲！」鸚鵡學她說話。

「妳看，又來了！」貝西說。「好了，我真的很累，今晚到此為止好嗎？如果我有看到一個老人、一個小男孩，當然，還有扮裝成大猩猩的人，一定會第一個告訴妳！」

貝西想關門，卻被妮娜厚實的手頂住。「妳不介意我們看一下屋裡吧？」她問道。

貝西沒辦法拒絕。妮娜在兩名警察的陪同下走進門廊。

「就從那裡開始！」妮娜指著廚房的門說。

跪在門後的艾瑞克吞了一口口水。

這下完蛋了！

37 橄欖球擒抱

艾瑞克用肩膀頂住廚房的門，想阻止他們進來，但瘦小的他完全敵不過妮娜和兩名身材魁梧的警察。他們猛力推門，貝西在一旁苦苦哀求。

「別這樣！拜託！你們會嚇到動物的！」

「動物？什麼動物？」妮娜追問。

「哦，只是兩隻蝌蚪，但牠們對噪音非常敏感！」

這時，艾瑞克聽見席德的義肢踩上階梯，鏗啷鏗啷地下樓。

鏗啷！鏗啷！鏗啷！

「你們不能進去！」他大喊。

「哦，是你啊！」妮娜說。「看來妳在說謊，小姐！這個人確實住在這裡。現在我們要逮捕那個穿著大猩猩裝的人。從廚房傳出的刺鼻臭味判斷，我懷疑牠可能是真的大猩猩！如果真是這樣，我們就要把牠抓走！」

砰！

廚房的門突然打開。

妮娜和警察完全沒料到眼前會出現這種景象。

那是一座野生動物園！一座迷你野生動物園，但還是野生動物園。

面對三名不速之客，動物的反應各不相同……

獨翼鸚鵡帕克**跳上椅背**。

大象厄尼舉起粗短的鼻子**揮舞**，好像在打招呼。

失明的海豹莎西高聲嚎叫。

「嗷嗷！」

沒有殼的巨型陸龜托特**停下腳步**。

獨腿紅鶴佛蘿倫絲嚇得**跌倒在地**。

碰！

無牙鱷魚柯林害怕地**鑽進桌底**。

啡！

獨臂的大屁股狒狒波蒂用僅存的那隻手抓自己的大屁股。

抓抓！

還有，大猩猩葛楚德放下舔到一半的蛋糕盤，掀起新娘頭紗，然後噘起嘴脣，吹出你有生以來聽過最長、最響亮的噗噗聲。

噗噗聲持續了很長一段時間，在場所有人都大感震驚，陷入沉默。最後她終於吹完，艾瑞克解釋：

「我想那是『你們好』的意思！」

噗～～～～～～～～～！

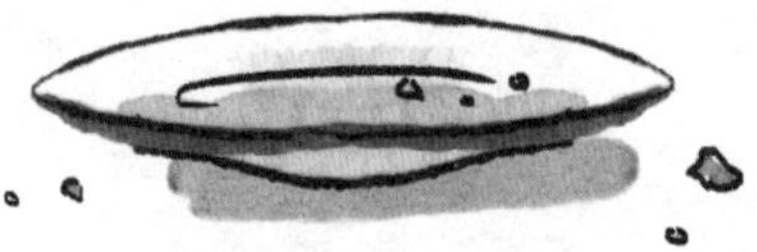

妮娜和警察目瞪口呆。

「不准在家裡養這些異國動物！」一個警察說。「我要逮捕你們！」

「動物也要一起逮捕嗎？」另一個警察問道。

「對！動物也要！」

「罪名是……？」

「我們會想到的！」

警察解開皮帶上的手銬，席德火速展開行動。

「沒別的辦法了！晚餐時間！」

所有動物聽到這聲叫喊，立刻衝向席德。

牠們將防空隊員妮娜和兩名警察撞倒在地……

碰！碰！碰！

……飛快踩過他們的身體，急著想吃飯。

踩！踩、踩！

「哎喲！」

「快下來！」

「狒狒的大屁股貼著我的臉！」他們放聲大叫。

三人被壓在地上動彈不得——這是席德、艾瑞克和葛楚德逃跑的絕佳時機。艾瑞克火速繞到輪椅後面，推著葛楚德踏出後門。

「快點，席德叔叔！」他大聲催促。

他們推著輪椅慢慢走過花園，橫越燒毀的籬笆，穿過貝西的房子，從她家前門離開。

葛楚德還在路上順手拿了一個蛋糕盒。妮娜追了過來。她一定是想辦法脫身了。

「給我站住！」妮娜大喊。

貝西衝出來追她。

「不！是妳給我站住！」她叫道。

貝西助跑了一段，然後往前飛撲，做出專業的橄欖球擒抱動作。

砰！

碰！

妮娜被撂倒在地……

……貝西則壓在她身上。

「哎喲！」

「快，我的席德，快走！」貝西把妮娜按在馬路上大喊。

「謝謝妳，親愛的！」已經走遠的席德大聲道謝。「這邊！」他對艾瑞克小聲說。他們一起推著坐在輪椅上的葛楚德，在迷宮般的後巷穿梭，以免被別人跟蹤。

他們必須馬不停蹄地趕到車站，才能逃到海邊。他們以最快的速度沿著空蕩的街道前進。葛楚德似乎不太在意坑坑洞洞的路面和礫石堆。她正忙著吃剛才從貝西家拿的另一個水果堅果蛋糕，沒心思煩惱這種事。

嗝！嗝！嗝！

他們來到火車站附近，街上的路人開始變多。不用說也知道，許多人都對這三個瘋狂的新郎、新娘和花童投以異樣的眼光。席德和艾瑞克認為最好還是厚著臉皮跟路人打招呼。

「你好！」

「早安！」

「今天真是結婚的好日子！」

最後他們終於抵達車站。真正的考驗現在才要開始。他們真的有辦法帶著一隻**大猩猩**搭火車嗎？

38 紙板的味道

維多利亞車站是倫敦最大的車站之一。建築本身非常宏偉華麗，看起來跟大教堂差不多，只是人群熙來攘往，環境喧鬧吵雜。早上這個時候出現在車站的旅客多半都是從外地抵達倫敦，而不是要出城，所以排隊買票的人不多。他們買了兩張去博格諾里吉斯的成人單程票和一張兒童單程票（令人難過的是，大猩猩居然沒有優惠折扣），走到車站大廳查看火車時刻表。他們掃視上頭的資訊，尋找開往博格諾里吉斯的首班車。

「博格諾里吉斯列車！十八號月臺！」艾瑞克大喊。他的視力比席德好得多。「六點十分。**還有五分鐘！**」

「月臺在車站另一邊。沒時間磨蹭了。我們走！」席德說。

艾瑞克檢查頭紗，確認有遮住葛楚德的臉，然後推著她走過大廳。

經過垃圾桶時，艾瑞克把手伸進去，抓了一把顏色各異的火車票。他跟在這對幸福的夫妻後面，將車票撕成碎片丟到他們身上，營造出新婚的氣氛。

「五彩碎紙！」他大聲說。

「真聰明！」席德稱讚。

艾瑞克好得意。

他們匆匆走向十八號月臺，途中經過幾個正在兜售報紙的攤販。早報頭條讓艾瑞克和席德驚愕不已（葛楚德完全沒反應，因為大猩猩不識字[3]）。書報攤前的海報印著斗大的標題，好像這還不夠似的，幾個頭戴布帽、身穿棕色工作褲的小販更大聲吆喝，喊著新聞頭條來叫賣。

3 真可惜，因為我好希望大猩猩能買我的書。

「到底要講幾次，大猩猩**不是**猴子——是**猿類**！」艾瑞克經過書報攤時生氣地低聲道。

「噓！」席德要他小聲點。「現在別說這個！」

戰爭期間，倫敦各大火車站都有很多警察在執勤，留意可疑的事物，確切地說，應該是可疑的人。

納粹間諜？

脫逃的戰犯？

轟炸機被擊落、企圖偷渡回國的德國飛行員？

因此，這三個古怪的婚禮角色讓人不禁有所懷疑。他們實在太不尋常了。

席德走路時錫腿鏗啷作響。

鏗啷！鏗啷！鏗啷！

新娘坐在老舊生鏽的輪椅上，從頭到腳都用破爛的網紗窗簾遮住。

還有，一個穿著類似女性燈籠褲的男孩。他要麼是穿越時空的時間旅人，要麼是摸黑換衣服，不然就是喜歡穿女性燈籠褲。不管是什麼，都讓警察停下腳步緊盯著看。

「繼續走！」席德用氣音說。「不要回頭！」

艾瑞克覺得好像有一百雙眼睛看著他。他整個人開始變紅，活像一瓶番茄醬。

「往博格諾里吉斯的旅客可以上車了！」查票員在十八號月臺入口大喊。

「來了！來了！」席德故作輕快，雙手卻抖得厲害，車票不小心掉在地上。

「我真蠢！」

他彎腰撿車票的時候，頭狠狠撞上葛楚德的頭。

「**呃啊！**」她在頭紗下呻吟。

查票員被突如其來的叫聲嚇了一跳。「你太太還好嗎？」

「沒事！」席德回答。「她只是對這段婚姻百感交集。」

查票員搖搖頭。「聽得出來。三等車廂在前四節！」

「謝謝！」

他們急著上車準備前往海邊；就在這個時候，有人拍拍他們的肩膀。

「不好意思打擾了，方便說話嗎？」

席德和艾瑞克立刻轉身。只見兩名高壯的警察站在後面，高高的頭盔讓他們看起來格外高大。

「可以看一下你們的身分證嗎？」一個警察問道。

艾瑞克和席德摸索口袋找身分證。戰爭期間，民眾隨時都有可能被要求出示證件。

警察仔細查看，把證件還給他們。

「謝謝，我們先走了！」席德說。

「**等一下！**」其中一個警察連忙阻止。「夫人的證件呢？」

席德和艾瑞克面面相覷。他們要怎麼擺脫這個困境？

葛楚德沒有身分證。大猩猩不會有身分證，因為牠們是大猩猩。

嘟嘟！嘟嘟！火車引擎啟動，準備要出發了。

「對不起，警官，我們快趕不上火車了！」艾瑞克說。

「這我不管。英國的安全岌岌可危！我要看看夫人的身分證。**現在就要！**小姐，請把證件拿出來！」

葛楚德不喜歡警察耽誤他們的時間。她從婚紗下伸出戴著手套的手，猛拉警察的鼻子。

「哎喲！」

席德立刻拍掉她的手。

「對不起，她很愛開玩笑！而且你應該稱她夫人！我們剛結婚。」席德糾正。

「恭喜，」警察揉著鼻子回答。「但我們還是需要看妳的證件，夫人！」

「她沒有身分證！」艾瑞克脫口而出。

「為什麼？」警察逼問。

「被她吃掉了！」

席德對艾瑞克使眼色，好像在說：「你幹嘛這樣講？」

艾瑞克回拋一個眼神，好像在說：「我不知道。」

「怎麼會有人吃自己的身分證？」警察懷疑地問道。

「很餓的話就會吃啊。」艾瑞克回答。

「紙板的味道很棒哦！」席德補充。「加點棕醬更美味！」

「讓我看看她。」警察俯身想看葛楚德的臉。

「不！別掀開她的頭紗！」艾瑞克懇求。

「為什麼？」

「她沒化妝！」席德回答。「她討厭別人看到她素顏！」

「英國優先！夫人，請妳掀開頭紗好嗎？」

身為一隻大猩猩，葛楚德不會講英文，所以完全沒反應。

嘟嘟！嘟嘟！

火車再次鳴笛。

「我就跟你說她不想掀開頭紗嘛。」席德說。

警察不想再跟他們鬧下去了。他俯身掀開頭紗。不用說也知道，眼前的畫面讓他大為震驚。毛茸茸的大猩猩對他微笑，抓了一把蛋糕給他。

「唔？」葛楚德用疑惑的口氣說。

「啊！」警察放聲大叫，連忙後退躲在同事後面。可是另一個警察也很害怕，

兩人就這樣展開一場「看誰能躲在誰後面」的遊戲。

嘟嘟！

那是最後提醒旅客上車的笛音！火車慢慢駛離車站了！

「真的很抱歉，警官，我們該走了！」席德在引擎聲響中大喊。

他們三個開始追火車。

「回來！」警察大叫。「我要依法攔住你們！

別讓火車開走！」

39 留著鞋子

警察不停吹哨。

叫喊聲和腳步聲響起……

「阻止他們！」

「抓住他們！」

「大猩猩逃跑了！」

躂！躂！躂！

……他們三個慌忙跑過月臺，警方在身後窮追不捨。他們不敢回頭看。光是能搭上火車就是天大的奇蹟了。

席德穿著義肢真的很難跑快……

鏗啷！鏗啷！鏗啷！

……特別是他還推著輪椅的時候。

艾瑞克幫忙推，可是葛楚德**太重了！**

那些水果堅果蛋糕讓她變得**更重！**

「照這個速度，我們一定趕不上火車！」席德氣喘吁吁地說。

「沒辦法了。葛楚德！**快跑！**」艾瑞克急忙把大猩猩從輪椅上拉起來。

輪椅翻倒在月臺上。

碰！

幸運的是，它正好擋住警察的去路，拖慢了他們幾秒鐘。

「**砰！**」

葛楚德的速度快到不可思議。當然，畢竟是大猩猩，她跑步的姿態很奇怪，是四肢下垂地跑，看起來和人類天差地遠。她穿著其實是網紗窗簾的婚紗，飛也似地跑到火車尾，抓住上面的把手。艾瑞克追上去，抓住葛楚德毛茸茸的大手，再轉身用另一隻手抓席德。

「別管我！」落後的席德吃力地喊。「救葛楚德！」

「不行！」艾瑞克說。「你要跟我們一起走！來吧，葛楚德！我們去救他！」

他猛拉葛楚德的手，從行駛的火車上跳下來，回到月臺。

碰！

「騎在她背上，席德叔叔！」艾瑞克說。

「我做不到……！」席德嘟囔。

「快點，她會背你！對吧，葛楚德？」

大猩猩點點頭，背起席德，飛快跳上火車尾。

嘩！

碰！

接著爬上火車頂。

「好、好，我會習慣的！」席德驚叫。

艾瑞克仍在月臺上追趕急速行駛的火車。

他能感覺到警察的鼻息噴在他頸後。他決定模仿葛楚德剛才做的事。他往前衝刺，縱身一跳……抓住火車尾的把手。

咻！

碰！

可是，其中一名警察攫住了他的腳。

「抓到了！」他大喊。

艾瑞克拚命扭擺[4]腳踝。

扭扭～晃晃～擺擺～

如他所願，他的鞋子被警察扯了下來。

火車隆隆駛出車站，警察手裡拿著一隻小鞋子，站在月臺盡頭。他沮喪地把鞋子扔在地上。

咚！

4 請參閱《威廉大辭典》，全世界最不可靠的字典。

然後重重亂踩一陣。

踩！踩！踩！

「不——！」他高聲吶喊。

艾瑞克爬上車頂，少了一隻鞋讓他舉步維艱。即便如此，他內心依舊洋溢著勝利的喜悅。他轉身對警察揮揮手。

「那隻鞋你留著吧！」艾瑞克大喊。

就在這個時候，他聽見身後的席德高聲嚷叫：「呀！快蹲下！」

艾瑞克東張西望。「你一直說『鴨』，但我沒看到鴨子啊！」

「不是！火車要進隧道了！快蹲下！」

艾瑞克火速轉身，發現火車即將駛入低矮的隧道。席德和葛楚德已經平躺在車頂上了。要是他不快點，就會直接撞上磚砌拱形隧道口。

可是他好**害怕**，嚇得僵在原地……

40 目瞪口呆的修女

席德猛拉艾瑞克的腳踝，讓他摔倒在地。艾瑞克撞上車頂，發出一聲響亮的……

碰！

艾瑞克緊閉雙眼，感覺隧道口擦過他的頭。

唰！

他很清楚，他還活著真的很幸運。火車很快就駛出隧道，黑暗頓時化為光明。

火車經過一座橫跨泰晤士河的鐵路橋，往南行駛。他們必須找到三等車廂才行。葛楚德的毛髮被風吹得亂七八糟，婚紗在狂風中飄揚，他們倆牽著她，躡手躡腳地沿著車頂走到火車頭。每節車廂間都有很大的空隙，要用跳的才能過去，對一隻大猩猩或一個活潑的小男孩來說易如反掌；然而，對一個穿著錫製義肢的老人而言，可說是艱鉅的挑戰。

「我不確定自己做不做得到！」席德嘟囔。

「一定可以！」艾瑞克向他保證。「助跑，然後再跳！」

席德搖搖頭，後退幾步，使盡全力從這節車廂跳到另一節車廂。

「啊！」席德的腳滑了一下，跌落空隙。

鏗啷！

艾瑞克急忙抓住他的手，以免他摔到鐵軌上！

「我抓到你了！」艾瑞克說。

可是席德的手慢慢滑落。

「是這樣沒錯！但**能抓多久？**」

更糟糕的是，他們幾乎什麼都看不見。火車高速行駛，車頭引擎不斷噴出濃煙。

轟隆隆！轟隆隆！轟隆隆！

葛楚德發現朋友遇上麻煩，立刻從車頂俯身向前，伸出援手。大猩猩比艾瑞克強壯，應該說，沒人比她更強壯。她抓住席德另一隻手，把他拉回車頂，發出一聲響亮的……

碰！

「你沒事吧？」艾瑞克著急地問道。

「只是有點喘！」席德回答。

「葛楚德，我們各抓一隻手，帶席德跳過去吧。」艾瑞克邊說邊比手畫腳。

大猩猩點點頭。這女孩真聰明！他們分別牽著席德的左右手，一起跳過車廂間的大空隙。

「哇！」席德驚呼，這是他五十年以來第一次覺得自己像個孩子，一個被父母牽著搖晃、蹣跚學步的幼兒。

沒多久，他們三個就來到火車頭。

「我們得找個空的座位隔間。」席德說。

「讓我從側邊吊下去，我可以透過窗戶查看情況！」艾瑞克提議。

席德和葛楚德抓住艾瑞克的腳踝，讓他往下探。他從第一個座位隔間的窗戶看進去。

一群讀聖經的修女抬起頭，嚇得目瞪口呆。艾瑞克對她們微笑，示意夥伴拉他上去。

旁邊的隔間坐滿了孩童。他們的脖子上都掛著名牌，顯然是被疏散到鄉村避難。那群孩子看到窗外有個倒掛的男孩都好興奮，笑著拚命揮手。艾瑞克也對他們揮揮手，然後示意夥伴拉他上去。

「說不定這次就走運了！」他說。席德和葛楚德把他放下，查看下一個隔間。

「好耶！」艾瑞克歡呼。「是空的！」

頭下腳上的艾瑞克推開窗戶邊進去，倒在車廂地板上。

碰！

接著他探出窗外幫忙葛楚德進到車廂，再幫席德。席德的褲子被車門把手勾到，唰地掉下來。

唰！

「別又來了！」他無奈大喊，滿是皺紋的屁股探出窗外。

艾瑞克把席德拉進車廂。他急忙穿好褲子。

他們氣喘吁吁地癱倒在座位上，不僅儀容被風吹得亂七八糟，身上還沾滿煤煙。艾瑞克關上窗戶……

唰！

他們全都鬆了一口氣。

「呼！」

葛楚德的婚紗被風吹得不成樣子，看起來好像被人拖著穿過樹籬。毛茸茸的臉、手臂和壯腿一覽無遺。

「**糟糕！**」艾瑞克突然大叫。

「真的很糟糕！」席德附和道。

艾瑞克望向隔間另一側的門，看著車廂走廊。只見一個小姐推著餐車走來，讓他驚慌失措。

「餐車小姐來了！我們得把葛楚德遮好！快點！」

葛楚德困惑地看著他們又拉又扯，替她整理用網紗窗簾做成的婚紗。

「對不起！」艾瑞克說。「不是妳不漂亮喔！」

葛楚德露出微笑，噘起嘴想親他。

「現在不行！」艾瑞克用氣音說。

他拉下頭紗蓋住葛楚德的臉……

唰！

……隔間的門應聲打開……

41 屁股噗噗聲

「請問要吃點什麼嗎？」有點年紀、笑容可掬的餐車小姐隨著火車搖晃，用胖胖的手指著各式各樣的三明治、蛋糕和餅乾。

葛楚德立刻從婚紗下伸出戴著手套的手。席德和艾瑞克愣在原地，看著大猩猩抓了一大把食物。

抓！

她開始把食物塞進嘴裡，發出驚人的咀嚼聲。

嚼！嚼！嚼！

餐車小姐驚恐地看著。不出幾秒，這個新嫁娘就把餐車上的食物掃得差不多，而且還在吃！

嚼！嚼！嚼！

「對不起，」席德急忙解釋。「我太太在婚宴上什麼都沒吃，所以餓壞了。」

「看得出來！」餐車小姐驚愕地說，身體隨著火車行進劇烈搖晃。「天哪，她會把你**吃垮的**！」

「我們要付多少錢？」席德問道。

餐車小姐努力計算金額，但食物消失得太快，她實在算不清。此時葛楚德開始碰茶和牛奶，還加了糖，咕嚕咕嚕地喝下飲料，讓餐車小姐的工作難上加難。

「姑且算十先令吧！」

十先令不是什麼小數目，席德身上也只有這麼多錢。他苦笑著把錢遞給餐車小姐。

「最好把餐車留下，」艾瑞克尖聲說。「她可能會想吃食物碎屑之類的！」

「你確定她不會吃了餐車？」餐車小姐沒好氣地說。「要是餐車被吃掉，我麻煩就大了。」

「我們保證。」艾瑞克回答。

「我不想看到上面有咬痕！」

「我們不會讓她動餐車！」

「我很快就會回來推車……」

艾瑞克和席德急忙伸手拿那些還沒被葛楚德吃掉的東西。艾瑞克選了蘇格蘭蛋，席德挑了果醬甜甜圈。就在他們把食物舉到嘴邊之際，葛楚德立刻出手搶走，塞進自己嘴裡。不曉得蘇格蘭蛋和甜甜圈一起吃是什麼滋味，但大猩猩似乎很高興。她狼吞虎嚥（更確切地說應該是「猿吞猩嚥」[5]），發出震耳欲聾的打嗝聲。

力道之大，讓她的頭紗都飛起來了。

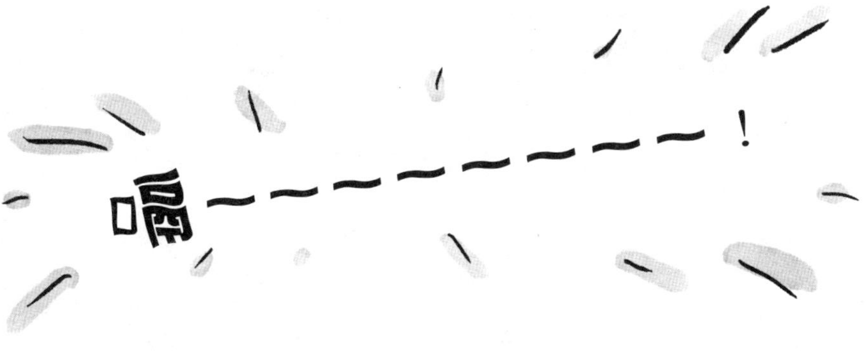

5 《威廉大辭典》裡有收錄這個詞及其他亂編的字。

這大概是你這輩子不幸聞過、味道最恐怖的飽嗝：蛋味、香腸味、芥末味、果醬味和甜甜圈味全都混雜在一起。

艾瑞克立刻跳起來開窗。

唰！

但湧入的空氣讓打嗝的氣味在車廂內旋繞，直接竄進他鼻子裡。

咻！

「噁！」

他立刻關窗，癱倒在座位上。他和席德整晚沒睡，精疲力竭。他們往後靠在頭枕上，

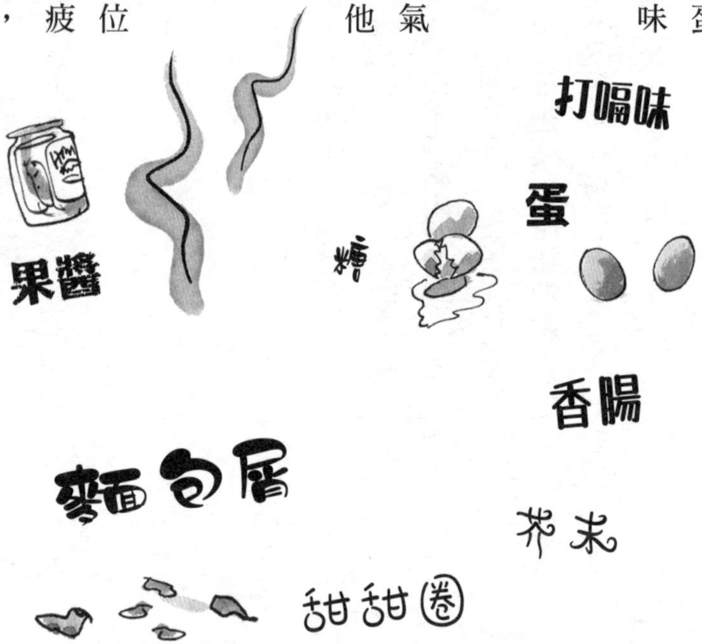

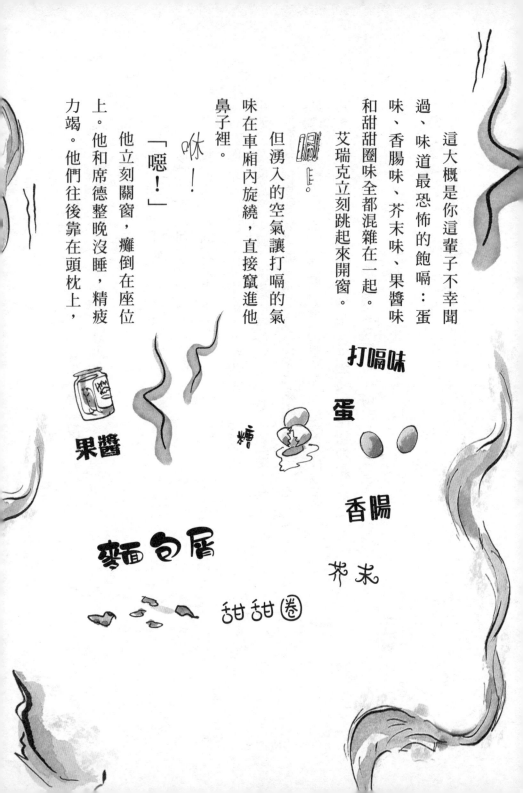

閉上雙眼，可是才剛睡著，就被雷鳴般的噪音吵醒。

「噗——！」

這個聲音和葛楚德嘟嘴發出的噗噗聲差不多。

但這個噗噗聲不是出自嘴巴，而是屁股。

大猩猩打嗝已經夠糟了，大猩猩放屁更是令人髮指。你得戴上防毒面具才不會被熏死。

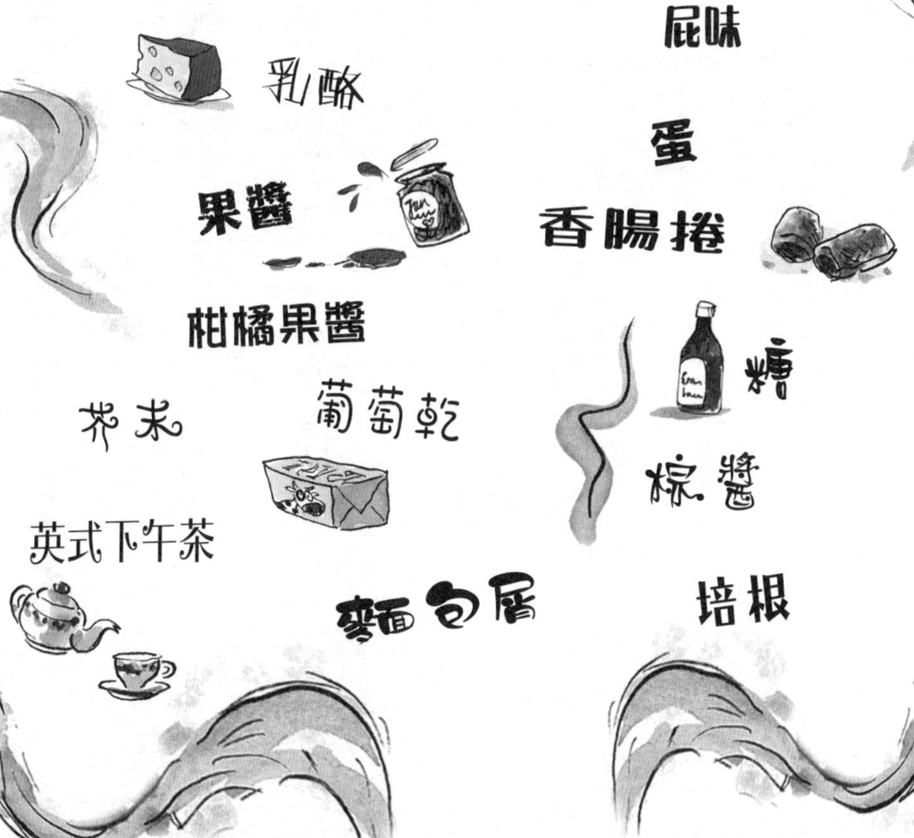

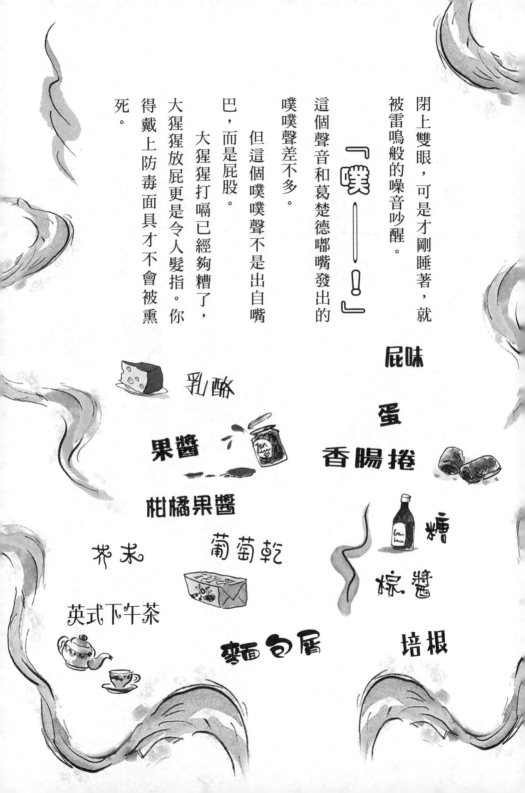

「我覺得葛楚德需要去洗手間！」席德邊咳邊說，雙眼被臭味熏到流淚。「立刻！」

「還用你說！」艾瑞克用諷刺的語氣大喊。

「我最好帶她去走廊盡頭的廁所！」

「對！馬上！」

艾瑞克掀開頭紗細看葛楚德的臉，發現她五官扭曲。他知道時間不多了。

「我覺得她來不及走到廁所！」艾瑞克說。

「不會吧！這樣那套漂亮的婚紗就毀了。」

「還有一個辦法！」

「什麼？」席德問道。

「讓她的屁股對著窗外！」

「可是——！」席德反對。

『噗——！』

大猩猩又放了個屁，屁聲比上一次更響。

「來吧，老姑娘。」席德和艾瑞克協助大猩猩就定位。

艾瑞克打開車窗。

唰！

葛楚德的屁股像大炮一樣猛烈「開火」。

轟！

一個形狀像導彈的咖啡色物體從窗口射出去……

嘩！

……飛過幾棵樹，掉在農田裡爆炸了。

轟！

一群牛嚇得四散奔逃。

「哞！」

「哞！」

「哞！」

餐車小姐正好回來，撞見他們倆扶著新娘的屁股對著窗外。

「我們有信守承諾！」艾瑞克語調輕快地說。「餐車上沒有咬痕！」

「她沒事吧？」餐車小姐問道。

「沒事，只是在享受鄉村的新鮮空氣！」

身體搖搖晃晃的餐車小姐推著車，沿著走廊快步離開。

「好了，目的地還沒到，我們坐下來休息一下吧。」席德提議。

艾瑞克和席德一左一右，把頭靠在葛楚德肩上，她則緊緊摟住兩人。他們三個都累壞了，很快就沉沉睡去。

「呼嚕！呼嚕！呼嚕嚕！」

完全不知道醒來後有人在等他們……

42 失物招領處

唧——！

火車緩緩駛進博格諾里吉斯車站，發出刺耳的煞車聲，驚醒了艾瑞克。他從面向月臺的窗戶往外看，發現有群警察在那裡待命，其中一人甚至拿著超大的網子。

一定是維多利亞車站的警察打電話通知他們。現在**無路可逃**了！

或許還有希望？

火車震了一下，全然停止。艾瑞克拚命搖晃席德和葛楚德，想叫醒他們。

「醒醒！**快醒醒！**」

兩人立刻睜開眼睛。葛楚德打了一個大呵欠。

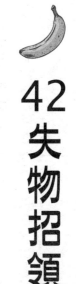

「呵啊！」

「你看！」艾瑞克指著窗外用氣音說。看樣子似乎當地所有警察都出動了。

「哦，糟了。」席德回應。

「我們得從這邊溜出去！」艾瑞克說。

他爬出窗外，跳到鐵軌上。

砰！

這個行為**很危險！非常危險！**

要是有另一列火車進站，他會馬上被**壓扁**。

艾瑞克左看右看，確認四下無人，便協助席德和葛楚德下車。葛楚德撐著席德的屁股，把他推出窗外，自己再跳到鐵軌上。他們三個踮著腳尖越過鐵道，爬上另一邊的月臺。他們可以透過車廂窗戶看到一大群警察衝上車，尋找他們的蹤影。

他們溜過月臺轉角，經過一間小辦公室。門上的牌子寫著：失物招領處。

辦公室裡空無一人。所有站務人員都被調去搜索三名逃犯了。

「我們躲在這裡吧！」艾瑞克小聲說。

他們溜進辦公室，輕輕關上門。

這裡存放著旅客多年來遺留在車站的**寶物**。有雨傘、圓頂紳士帽、書籍、水桶和鏟子、橡膠玩具鴨、行李箱、風箏、折疊式躺椅、洋娃娃、泰迪熊、沙灘球、地球儀、嬰兒車，甚至還有貓咪玩偶。葛楚德掀開頭紗，露出開心的表情。這裡有好多新玩具！她開始拍沙灘球……

咚！咚！咚！

……轉雨傘，彷彿在表演歌舞秀……

嘩！

……一口咬下圓頂紳士帽。

嚼！

「別這樣，葛楚德！」艾瑞克用氣音說。「我們也許用得上這些東西。我們可以換穿這些衣服，喬裝成不同的人！」

「好主意！」席德把架上其中一個行李箱拿下來。「維多利亞車站的警察一定有把我們的長相和衣著告訴他們。我們必須馬上換掉這些婚禮裝扮！」

「現在沒有輪椅了，或許可以改用這個！」艾瑞克握著嬰兒車的把手說。

「嬰兒車？」

「很大啊，想必是給雙胞胎用的！」

「或是一個體型龐大的巨嬰？」席德露出詭異的表情。

他們倆轉身看著葛楚德。大猩猩覺得圓頂紳士帽很難吃，卻依舊咬個不停。

嗝！嗝！嗝！

「你覺得她塞得進嬰兒車？」艾瑞克問道。

葛楚德皺起眉，搖搖頭。

「如果你能說服她就可以！」席德回答。

大猩猩雙臂交叉抱胸，一臉氣呼呼的樣子。

「嗯，好吧，我試試看。」艾瑞克微笑看著葛楚德，她皺著眉瞪回去，額頭上的皺紋多得像核桃。

「祝你好運！」席德開玩笑說。

「一定有辦法誘騙她！」

「這個嘛，我們知道她很愛吃，也許這裡有食物之類的。另外我們還需要一些厲害的服裝！」

他們打開一只破舊的行李箱，裡面塞滿許多碎花長洋裝。

「不會吧！」艾瑞克抱怨。

「我敢說這裡一定有你的尺寸！」席德咯咯輕笑。

「可是——」

「這個偽裝很完美！警察又不是在找兩個帶著寶寶的女人！對吧？」

「也對。」艾瑞克同意。

「好了，來吧！我們再多拿幾件衣服，一出車站就換裝！你還需要一隻鞋！」

「對喔！」

過沒多久，失物招領處的門慢慢敞開。

咿呀！

席德先走出來。他身穿一件黃色碎花長洋裝，戴著白色絲質手套、太陽眼鏡和遮陽帽，用仕女扇遮住鬍子。

接下來輪到艾瑞克。他穿著女款粉紅色泳裝，頭戴紫色碎花泳帽、蛙鏡，腰上還有個游泳圈。

他們倆一起把那輛巨大嬰兒車拖出門外。

葛楚德坐在嬰兒車裡，身上蓋著一堆五顏六色的沙灘巾。這隻年老的大猩猩絕對是你這輩子見過最奇怪的新生兒。她正吸吮著一根超大的博格諾里吉斯棒棒糖。

那根棒棒糖是艾瑞克找到的，也是引誘葛楚德坐上嬰兒車的利器。棒棒糖比圓頂紳士帽好吃多了。

他們踩著輕快的腳步直直往前走，經過那群留守月臺的警察。警察好奇地看著他們。

他們會出聲攔阻嗎？

逃亡之旅會就此結束嗎？

還沒有！

警察打量他們一下，將注意力轉向其他進出車站的旅客。

他們只要通過驗票閘門就**自由了**。

43 抽動的鬍子

站在閘門口負責驗票的是一個身材矮小、留著大鬍子的男人。他看起來——一言以蔽之，很愛管閒事。

「請出示車票！」他扯著嗓門大吼，說話時鬍子不停抽動。

席德拿出三張車票，用自以為很女性化的浮誇動作遞給他。

小個子男人仔細檢查車票，把它們撕成兩半。

「謝謝你，親愛的先生，」席德努力裝出溫柔的女聲。

「如果沒問題，我們要去欣賞博格諾里吉斯的美景囉！」

「慢著！」查票員說。

席德夫人和艾瑞克夫人緊張地互瞄一眼。哦，不！

他們完蛋了！

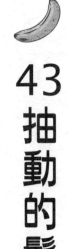

「我好喜歡小嬰兒！」小個子男人說。「我可以看看寶寶嗎？」

「她很害羞！」席德夫人惱怒地說。

「快速瞥一眼就好！」

「她在睡覺呢！」艾瑞克夫人用氣音說。

「別擔心，我不會吵醒她的！」小個子男人回答。

他拉開沙灘巾，發現葛楚德吸吮著棒棒糖對他微笑。

噝——噝——噝——！

查票員滿臉驚恐，鬍子有如暴風雨中的風箏劇烈顫動，看起來好像隨時都會從他臉上飛走。

「她就像蜜桃一樣漂亮，對不對？」艾瑞克夫人輕快地說。「好了，寶貝，我們走吧！」

查票員太過震驚，依舊愣在原地，任憑兩人將嬰兒車推出車站。一繞過轉角，他們就加快腳步。

喀噠！喀噠！喀噠！

從車站人行道踏上小鎮街道那瞬間，他們倆立刻在嬰兒車後方蹦蹦跳跳。

咚！咚！咚！

「成功了！」席德興奮大喊。

「大成功！」艾瑞克附和道。

「噝！噝！噝！」嬰兒葛楚德吃著棒棒糖。

他們的穿著很適合在海灘度過愉快的夏日時光。

可惜當時是十二月。

他們順利抵達迷人的海濱小鎮博格諾里吉斯。觀海樓就在不遠處。

他們不知道危險就潛伏在那裡，虎視眈眈。

第四部

殘酷的暴政

44 禁止進入

每到冬季，博格諾里吉斯都會變得很冷清。這是一座以夏天為旺季的海濱小鎮，和大多數海濱小鎮一樣，冬天看起來一片荒涼。

席德小時候經常來這裡過暑假。他還記得那些蜿蜒的小路，知道要怎麼走才能到海邊。相反的，艾瑞克從未離開過倫敦，第一次看到大海的他難掩驚訝。他帶著驚嘆的眼神眺望海面，看著巨浪衝擊沙灘。

葛楚德坐在嬰兒車裡凝望著大海。不喜歡水的她搖搖頭，繼續吸吮棒棒糖。

囌！

「我愛海邊！」寒冷的天氣讓艾瑞克渾身發抖。「但葛楚德好像不太喜歡！」

這時，一陣海風襲來，把席德的長洋裝裙擺高高吹起，蓋住他的頭。

咻！

他的內褲都被看光光了！

「天氣太冷了，這樣穿不行！」席德低聲咕噥。「我們換裝吧。」

他們身後有一排彩繪海灘小屋。他們發現有一間沒鎖，便把嬰兒車推進去。

洋裝和泳衣的確是很棒的偽裝，讓他們得以成功離開博格諾里吉斯車站，但現在情況不同，需要一些比較實穿的衣服。他們從失物招領處偷了幾件外套、襯衫、褲子和幾雙鞋，塞進嬰兒車下的籃子裡。他們火速換好衣服，可是眼前還有個大問題……

「葛楚德寶寶怎麼辦？」艾瑞克問道。

『呼嚕！呼嚕！呼嚕嚕！』

兩人瞄了嬰兒車一眼。葛楚德已經吃完棒棒糖，正在吸吮拇指打呼，睡得很熟。

「她看起來很快樂，」席德說。

「讓她睡吧。到旅館還有很長的路要走，要是讓她離開嬰兒車，一定會被發現。」

「對喔，大猩猩走路的姿勢太明顯了！」

「我以前出意外時就是那樣走路！」

「哈**哈**哈！」他們笑了起來。

葛楚德在嬰兒車裡動了一下。

「呃啊！」

「我們最好別吵醒她。」席德用食指抵著嘴脣低聲說。

艾瑞克盡可能安靜地打開海灘小屋的門，

確認周邊（確切地說是海邊）有沒有人。他們推著嬰兒車沿著海岸走，在狂暴的海風中走了好長一段路，終於抵達目的地。

觀海樓。

這座外觀詭異的哥德式建築座落在懸崖上俯瞰大海。深灰色磚牆歷經數十年的風吹雨打而逐漸剝落，變得斑駁。屋頂上幾座塔樓（很像城堡會有的那種），其中幾扇窗戶想必是破了，因為原本應該是玻璃的地方全都用木板封起來。

懸崖山腳下有塊告示牌寫著：觀海樓已歇業。禁止進入。

「到了，」席德一邊說，一邊使力把睡美人葛楚德推上山。「我們就躲在這避風頭吧。」

觀海樓
已歇業。
禁止進入。

他們沿著花園小徑往前走，艾瑞克看到窗簾晃了一下。

「席德叔叔！」他用氣音說。「你看！」

「什麼？」

「屋子裡有東西在動。」他指著窗戶說。

席德緊盯著窗戶，但什麼都沒看到。沒有燈光，窗簾也都拉上了。

「應該是你的想像吧，孩子。旅館已經停業了。」

「席德叔叔，我真的有看到！」艾瑞克抗議。

他們繼續沿著長長的小徑往前走，一句話也沒說。

天空烏雲旋繞，雷電交加。

轟隆隆！

劈啪！

45 毛骨悚然

他們終於爬上山頂。天空突然下起傾盆大雨。

「這個地方讓我想起很多美好的回憶，」席德開口。「在花園裡玩耍，在池塘邊抓青蛙——你看，」他指著大海。「好天氣的時候，可以從這裡看到好幾公里以外的地方。我以前好愛看海。我爸爸有一副雙筒望遠鏡，我會坐在這裡看海軍軍艦在樸茨茅斯港來來去去，看好幾個小時都不膩。那段日子真的好快樂。」

「聽起來好棒。」

「是啊。可惜觀海樓停業了。不過這對在逃亡的我們來說倒是好消息！好啦，我最好別再嘰嘰喳喳說個沒完！我們得找個地方躲雨。不如強行打開窗戶溜進去吧。」

艾瑞克搖搖頭。「裡面可能有人。」

「誰？」

「我不知道，可能是老流浪漢什麼的。」

「裡面沒人！」

「我們還是先敲門，看看有沒有人在。」

「好啦好啦，」席德勉為其難地答應。「隨便你！那就敲門吧。」

雨水沖刷著陳年蜘蛛網。大門中央有個老舊生鏽的門環。

席德嘆了口氣，伸手敲門。

叩叩叩！

沒有回應。

「你看，沒人啊！」席德說。

這次換艾瑞克敲門。

叩叩叩！

「還是沒人！好了，我們開窗戶吧！」

「噓！」艾瑞克示意席德別說話。

「怎麼了？」

儘管雨下得很大，艾瑞克還是很確定自己聽見屋裡傳來腳步聲。

「裡面真的有人！**我發誓！**」

「胡說！」席德搖搖頭，彎下腰，將耳朵貼在信件投遞口上，然後點點頭。艾瑞克說的是真的！

艾瑞克吞了一口口水。

很難說裡面有多少人，但絕對不只一個。因為腳步聲從旅館四面八方傳來，迴盪不絕。

躂！躂！躂！

接著是開鎖的聲音。

喀啦！喀啦！喀啦！

大門微開一條縫，被老舊生鏽的金屬鏈條擋住。門縫後方露出半張臉——是一個上了年紀、頂著一頭金髮和漂亮妝容的女人。

「有事嗎？」她問道。

她講話有點外國腔，但聽不太出來是哪一國。

「哦，我，我們，呃……請問還有沒有空房間？」席德實在太震驚，連話都說不清楚。

「**觀海樓**客滿了！沒有空房！」她厲聲說。

「我們沒有別的地方可以去了。」他懇求。

「不關我的事。你們馬上離開！聽到沒有？**馬上！**」

「柏莎！」有個人在視線之外低聲說。

「怎麼了，海倫娜？」第一個女人問道。

「過來！」

旅館裡有兩個人！他們還沒看到的那個一定是負責人！

她當著席德和艾瑞克的面甩上大門。

砰！

屋裡傳來對話聲，聽起來像是吵架，而且吵了很久。席德和艾瑞克都聽不懂她們在說什麼，她們講的似乎不是英語。

「我們還是離開好了？」艾瑞克無法忽視胃裡那股不安的感覺。

「我們要留在這裡，」席德回頭看看被暴風雨襲擊的小鎮。「如果回倫敦，葛楚德就死定了！」

艾瑞克瞥了嬰兒車一眼。葛楚德依舊睡得香甜。

「呼嚕！呼嚕！呼嚕嚕！」

他忍不住微笑，但恐懼隨即湧上心頭。「可是這個地方，席德叔叔……讓我覺得……」

艾瑞克還來不及說出「毛骨悚然」，門鏈就應聲解開……

鏗啷！

……旅館大門全然敞開。

觀海樓門口站著不只一個，而是兩個女人。

她們是同卵雙胞胎，長得一模一樣，站在一起的畫面非常驚人。兩張爬滿歲月痕跡的臉，鮮豔的粉紅色口紅，紅色腮紅，水藍色眼影，在塵土飛揚的老廢墟中顯得格格不入。

她們的金髮一定是用染的，看起來就像默劇時代的電影明星。兩人穿著一樣的奶油色襯衫、黑色窄裙和漆皮高跟鞋，脖子上各掛著一串珍珠項鍊，是當地目前最迷人、最有魅力的女性。

「你們真走運！」第二個女人用輕快的語氣說。「剛才正好有人取消訂房！」

「歡迎蒞臨觀海樓。」雙胞胎齊聲招呼。

艾瑞克緊張得想吐。

這個地方一定有問題。

46 蜘蛛網

觀海樓內部就和外觀一樣破舊。席德和艾瑞克放輕動作，小心翼翼推著嬰兒車進去，以免吵醒葛楚德。他們一走進旅館，就覺得這裡應該有好一段時間沒客人了。

門廊裡的桌椅和架子積著好幾公分厚的灰塵。

牆上爬滿黴菌，看起來像生病似的。

長長的蜘蛛網從天花板垂下來。

櫃台上有個早已乾涸的花瓶，裡面插著枯萎硬掉的死花。

他們一進到屋裡，雙胞胎就匆匆關上門。

砰！

接著上一個鎖、兩個鎖、三個鎖，把鑰匙收好。

喀啦！喀啦！喀啦！

「歡迎歡迎！」第二個女人開口招呼。「我們家就是你家。謝謝你們選擇**觀海樓**，我們真的很高興。」

「我小時候常來這裡。」席德說。

「啊！真是**喜上加喜**！歡迎回來！方便請教你們尊姓大名？」

「我是席德。」

「我是艾瑞克。」

「席德和艾瑞克。好！太好了！請問寶寶叫什麼名字？」

「什麼寶寶？」席德不假思索地說。

艾瑞克立刻肘擊他的肋骨。

「哎喲！」

「嬰兒車裡的**那個**呀？」那個女人露出懷疑的眼神。

「哦，那個寶寶啊！」席德隨即恢復鎮靜。「她叫……葛楚德！小葛楚德。不過她在睡覺，請不要打擾她！」

「沒問題。方便請問這是誰的孩子嗎？不好意思，你看起來太年輕，而你太老，應該沒辦法生孩子。」

席德和艾瑞克互看一眼。

「呃，是我妹妹！」艾瑞克說謊。「席德是我外叔公。因為空襲的關係，我們從倫敦過來避難。」

「啊！空襲！」第二個女人驚呼。「那些納粹還真是不肯罷休！」她笑著補上一句。「哦！不好意思，我們太沒禮貌了！容我們自我介紹——我是布朗夫人。」

「我也是布勞夫人。」另一個雙胞胎說。

「布勞？」席德重複一次。

「布朗！」比較嚇人的那個雙胞胎厲聲說。「請原諒我妹妹講話有點口音。我們並非來自博格諾⋯⋯」

「⋯⋯也不是來自里吉斯！」

「是博格諾里吉斯！」她又大聲喝斥，還**狠狠**打了妹妹的手。

另一個雙胞胎似乎習慣了，因為她沒有叫出聲。但那一下顯然讓她痛到眼裡閃著淚光。

「如你們所見，我們是**雙胞胎姊妹**！」另一個女人說。

「哇！完全看不出來耶！」席德開玩笑，想緩和一下氣氛。

雙胞胎一點都不覺得好笑。

「正如我在剛才在那段插曲前說的，因為我們是雙胞胎姊妹，都姓布朗，」另一個雙胞胎說。「你們兩位可以叫我柏莎夫人。」

「你們可以叫我海倫娜夫人！」

「謝謝妳，柏莎夫人；謝謝妳，海倫娜夫人。」艾瑞克連忙道謝。席德剛講了一個爛笑話，他想盡量有禮貌一點。

「你們很幸運，**觀海樓**只剩一間空房！」海倫娜說。「請跟我來。」她補上一句，帶著他們上樓。

艾瑞克和席德互看一眼，好像在說：**「樓梯！」**

「你們可以把嬰兒車放在門廊，把寶寶抱到房間。」柏莎說。

「呃……那個……嗯……不行……」席德看起來很慌張。

「這樣門廊會很亂，我們不想給妳們添麻煩！」艾瑞克跳出來解圍。

他和席德把那隻**超重**的大猩猩連同嬰兒車一起抬上樓。他們每走一步都小心翼翼，不想把葛楚德從睡夢中吵醒。可是她實在太重，他們很快就汗流浹背，不停顫抖。

「寶寶很重是嗎？」柏莎問道。

「跟一般的嬰兒差不多啦！」

艾瑞克尖聲回答，顯然很緊張。

鏗啷！鏗啷！鏗啷！席德的義肢不停發出聲響。

「那是什麼聲音呀？」海倫娜問。

「我的義肢，」席德回答。「我在第一次世界大戰中失去了雙腿。」

「怎麼那麼不小心呢。」柏莎柔聲說。

席德搖搖頭。他們終於來到樓梯頂端的平臺。

「這是你們的房間！」柏莎表示。

「房號是十三號。」海倫娜補上一句。

「有些人覺得十三這個數字不吉利！」席德開玩笑說。

「希望不是這樣。」柏莎笑著打開門鎖。

喀啦！

臥房滿是灰塵、汙垢和蜘蛛網，還有一股很重的霉味，聞起來很潮溼，好像很久沒人住了。房間裡有兩張單人床、一張桌子和一把椅子，窗簾則是拉上的。柏莎夫人踩著輕盈的腳步走到窗前拉開窗簾，一團灰塵瞬間飛出來。

呼！

艾瑞克和席德嗆得咳嗽連連。

「咳咳！」

「**噁！**」

「請不要散播細菌。我們馬上替你們準備熱茶。」柏莎說。

「不用麻煩了。」席德回答。

「這是我們的榮幸，」柏莎柔聲道。「你們剛才淋了雨，外面又那麼冷，喝熱茶可以祛寒。」

「我不喜歡喝茶。」艾瑞克表示。

「**你會喝的。**」她又說。

這句話讓艾瑞克背脊發涼。

他和席德推著嬰兒車想進房間，可是嬰兒車太寬，卡住了。

「需要幫忙嗎？」海倫娜問道。
「光看外表可能看不出來，但我們都像牛一樣強壯！」柏莎補充。
「我們自己來就好！」艾瑞克說。他們調整一下角度才勉強讓嬰兒車擠過門口，但葛楚德還是被吵醒了。她突然發出響亮的叫聲……

「咿哈！」

「那是什麼聲音？」柏莎問道。

「咿哈！」

「寶寶哄一下就好了！」艾瑞克撒謊。
「謝謝妳們！」席德說完便把雙胞胎趕出房間，當著她們的面甩上門。

砰！

47 咚咚咚

葛楚德從嬰兒車裡坐起身，開始認識新環境。她環顧觀海樓潮溼、骯髒又破舊的客房，似乎不太滿意。

她嘟嘴發出噗噗聲。「噗！」這就是她對這個地方的感想！

艾瑞克摸摸她的頭，她用鼻子蹭蹭他。他把她緊擁入懷，親了她一下。

「對不起，葛楚德，讓妳經歷那麼多奇怪的事，但這都是為了妳好。」

葛楚德用毛茸茸的大手摸摸他的頭，給他一個吻！

「姆嘛！」

「救命喔！」艾瑞克用氣音說。葛楚德抱他抱得有點緊，而且沒有要鬆手的意思。

「好了，老姑娘！」席德說。「我們都知道妳很愛艾瑞克，讓他喘口氣吧！」

葛楚德鬆手放開艾瑞克。她從嬰兒車裡跳出來，重重踩在破舊的地毯上。

砰！

「小聲點！」艾瑞克急忙叮囑。

房間又暗又髒，艾瑞克決定開燈。

啪！

天花板上的燈泡瞬間爆炸。

「這個地方真的有夠破爛。」席德表示。

「還用你說！」

『噗！』葛楚德同意。

「不過至少我們安全了。」席德說。

「真的嗎？」艾瑞克問。

「什麼意思？」

「那對雙胞胎很怪。」

「這是英國海濱小鎮！英國海濱小鎮到處都是怪人！」

「不只是怪，還很詭異！說什麼觀海樓訂房已滿，亂講，根本半個人影都沒有，也沒聽見什麼聲音。」

「是沒錯，但也可能是客人在房間睡午覺啊。」

「那為什麼告示牌上寫『禁止進入』？」艾瑞克追問，顯然不太相信。

一陣彈跳聲打斷了她們的談話。

咚！

葛楚德用屁股在床上蹦蹦跳跳。

咚！咚！咚！

「別這樣，葛楚德！拜託！」艾瑞克央求。

可是沒用。大猩猩玩得很開心，任何人事物都阻止不了她。她站起來在床上跳來跳去，像在玩跳跳床。

咚！咚！咚！

另一團灰塵雲從床上爆出來。

呼！

葛楚德高興地睜大眼睛。

太酷了！

『嗚比嗚比嘟！』她大叫。

「小聲點！」艾瑞克抓住她的手要她停下來。「求求妳！拜託，不要再玩了！葛楚德，算我求妳，乖乖躺好。」

「噗！」她噘起嘴，對艾瑞克的臉發出噗噗聲。他再次全身沾滿大猩猩的口水。

艾瑞克笑了起來，用襯衫袖子擦擦臉，走到房間門口。

「你要去哪裡？」席德問道。

「當然是調查啊！」艾瑞克回答。

「調查什麼？」

「那對雙胞胎。她們一定在搞鬼。我很清楚。」

「小心點！」

「我會的！」

「順便叫她們快點送茶來！我快渴死了！」

艾瑞克把耳朵貼在鑰匙孔上。外面的地板嘎吱作響。

嘎吱！

聽起來似乎有人在門外鬼鬼祟祟。艾瑞克躡手躡腳地走到床邊。

「葛楚德！我需要妳的幫忙。」他用氣音說。

他牽著她的手讓她站起來，把她帶到窗前。

然後盡可能小聲地打開窗戶。

唰！

艾瑞克比比手勢示意葛楚德轉身，然後跳到她背上。

「不要啊！」席德拚命搖頭，用嘴形無聲地說。

艾瑞克豎起食指抵住嘴唇，比出「噓」的動作。

大猩猩知道該怎麼做。她背著艾瑞克爬出窗外，一起消失在狂風暴雨中。

48 冷酷的雙眼

艾瑞克和葛楚德利用觀海樓外牆的壁架和排水管網絡展開偵查行動。

看看這對雙胞胎究竟在搞什麼鬼。

到底是什麼呢？

暴風雨無情地侵襲旅館。大雨讓建築物變得溼滑，在頂樓外牆晃蕩簡直比危險還要危險，因此艾瑞克緊抓住葛楚德的背。葛楚德爬來爬去，他則透過骯髒的窗戶向內窺探。雖然窗簾全都拉上了，但還是有些縫隙或孔洞，讓他可以看到裡面。

他們經過一間又一間客房，全都空無一人。不少窗戶都用木板封住。事實上，從滿布蜘蛛網的地板和天花板來看，這些房間顯然有好一段時間沒人住了。

為什麼雙胞胎要騙他們旅館客滿呢？

葛楚德繼續背著艾瑞克在旅館頂樓外牆攀爬，來到一間亮著燈的房間。

「幹得好，葛楚德！」艾瑞克用氣音稱讚。「在這裡停一下！」

他透過窗戶往裡面看。這個房間的裝潢很豪華，不像其他客房，看起來整潔許多，裡面有一張帶鏡子的梳妝臺、一張躺椅和兩張單人床。

「這一定是雙胞胎的臥室！」艾瑞克說。

葛楚德點頭表示同意。

這時，其中一個雙胞胎腳步輕快地走進房間。艾瑞克和葛楚德立刻低頭，以免被她發現。因為艾瑞克在比較高的地方，所以還是可以從窗戶向內窺探。

那個女人走向梳妝臺。梳妝臺是用深色木頭做的，看起來像古董，附有一面鏡子和一張凳子，可以坐在上面整理妝髮。這個女人專注地看著桌上那些裝飾華麗的玻璃瓶，快速挑了一下，顯然是想找特定的瓶子。終於，她找到了。那是一只瘦長的玻璃瓶，上面有隻銀色老鷹，裡面裝著紅色液體。她拿著瓶子，將梳妝鏡轉了一圈。

窗外的艾瑞克仍緊抓著葛楚德的背。眼前這一幕讓他不寒而慄。

太可怕了。

梳妝鏡一面是普通的鏡子，另一面則是一幅肖像畫。那是英國乃至全世界的頭號公敵。

阿道夫．希特勒。

在納粹德國，希特勒被稱為元首，意思是「領袖」。他是個邪惡的獨裁者，不僅奪取政權、掌控德國，更導致無數無辜的人死亡。

黑色小鬍子、光滑的頭髮和冷酷的雙眼是希特勒的正字標記，非常好認。這幅畫像裡的他穿著一件軍裝風格的褐色夾克，左臂戴著紅色臂章，上面有個白色圓圈，中間綴著很像卍字的黑色符號。

那是納粹黨的標誌，也是納粹的象徵。納粹想統治世界，建立一個邪惡帝國，奴役他們的敵人。要是誰敢妨礙他們，一律格殺勿論。

那個女人靜靜欣賞畫像好一會，然後站起來直直伸出右臂。這是納粹敬禮的手勢。

「**希特勒萬歲！**」說完她便轉動梳妝鏡，讓畫像回到原位。途中她突然停止動作。難道鏡子旋轉時她瞥見了什麼？窗外的艾瑞克和葛楚德被雨淋得溼答答，她有看到窗邊那雙男孩的眼睛，還是大猩猩的額頭嗎？

49 邪惡的笑容

那個女人轉身走向窗戶。

「快趴下！」艾瑞克用氣音說。

葛楚德明白他的意思。她用指尖緊抓著窗臺，搖搖晃晃地壓低身子。

艾瑞克看到那女人的鼻息讓玻璃蒙上一層霧氣，接著她猛拉上窗簾。

唰！

艾瑞克和葛楚德鬆了一口氣。

『呼！』

「起來吧！」艾瑞克對葛楚德說。

葛楚德一路爬上屋頂。在那裡，艾瑞克注意到一個奇怪的地方。屋頂上有個敞開的洞口，還有一支長長的望遠鏡頭從裡面伸出來，可是鏡頭並沒有對著大海，而是順著海岸指向西方。

「那邊是樸茨茅斯！」艾瑞克驚呼。望遠鏡對著席德稍早指給他看的地方。「這兩個納粹一定是在監視進出港口的英國軍艦。這就是她們待在博格諾里吉斯的原因！」

葛楚德聳聳肩，一臉茫然。

「嗯？」

「沒事！我們下去吧！」

他們發現附近有一條排水管，便沿著水管一路滑到地面。

咻——！

碰！碰！

艾瑞克從葛楚德背上一躍而下。他牽著她的手，開始透過窗戶窺探一樓。第一扇窗有一部分用木板封起來，他從裂縫往內看，發現裡面有個空蕩蕩的客廳，三張沙發排成三角形，圍著一個看起來像無線電設備的東西。無線電設備有很多種尺寸和造型，但這臺比普通的無線電大得多，看起來像特別訂製的機型，不僅有許多色彩繽紛的電線，旋鈕和調節器也比一般的無線電更多。除此之外，還有長到不行的天線。

這臺無線電設備的頻率範圍感覺比英國廣播電臺更大，能接收到更多訊息。另外旁邊還有兩副耳機和一本皮革裝幀的筆記本，筆記本旁邊擺了一枝鋼筆，大概是用來記錄聽到的資訊。

「這對雙胞胎究竟在聽什麼呢？」艾瑞克喃喃自語。

大猩猩又聳聳肩。「嗯？」

「走吧！」艾瑞克牽起葛楚德的手，前往探索另一個房間。他很確定旅館裡藏著更多線索。

他們透過另一扇窗戶往內看，發現一間餐廳。裡面的桌椅凌亂四散，除了布置看起來僅供雙人——推測是那對雙胞胎使用外，沒什麼可疑的地方。

「我就說吧！根本沒有其他客人！」

緊接著，艾瑞克和葛楚德來到一扇用木板封住的窗戶前，透過一道小縫往裡面看。那是一間書房。書櫃上堆著破舊又沾滿灰塵的皮革裝幀書，中間有張用床單蓋住的撞球桌，上面畫著非常詳細的地圖。艾瑞克看不太到，葛楚德便把他抱高一點。

「謝謝！」

艾瑞克把臉貼在窗戶上，發現那是倫敦市中心的地圖。有條蜿蜒穿過市中心的河流，他認出了那個形狀——是泰晤士河。

「有棟建築物被圈起來……一定是目標！那是哪裡？」艾瑞克喃喃自語，努力想找出答案。「可惡！我看不到。我們走！」

他們踮著腳尖，小心翼翼地繞過池塘。葛楚德不會游泳，艾瑞克不希望她落水。接下來看到的是廚房的窗戶。

「快趴下！」艾瑞克急忙壓低葛楚德的頭。

雙胞胎姊妹一個在準備茶點，另一個拿著香水瓶從樓上走下來，踏進廚房。

她們做了一件奇怪的事。

一人打開茶壺蓋，另一人往裡頭加了些「香水」。

艾瑞克的心怦怦狂跳。

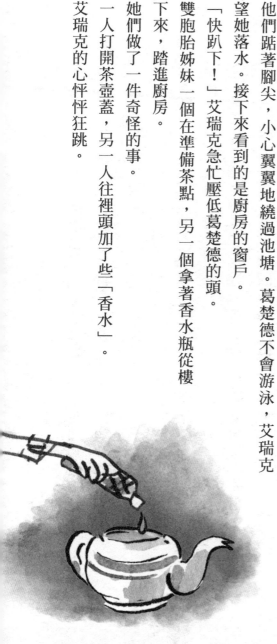

「那不是香水！」他小聲對葛楚德說。「是**毒藥**！我們知道她們在這裡，可能會害她們暴露行蹤，她們不能冒這個險。難怪她們願意讓我們進來！為的是要**殺人滅口**！」

葛楚德感受到他語調中的驚懼，嚇得渾身發抖。

雙胞胎把茶壺蓋好，露出**邪惡**的笑容。

其中一人端起托盤，姊妹倆一同離開廚房。

「要是不快點回房間阻止席德叔叔喝茶，那……」艾瑞克想都不敢想。

「**起來**，葛楚德！快起來！我們必須立刻回房間！**快啊**！」

艾瑞克跳到葛楚德背上。

「走！快點！動作快！」

大猩猩察覺到他聲音中的急迫感，飛也似地爬上樓。

「快點！再快一點！」艾瑞克苦苦央求。

暴風雨非常**猛烈**。豆大的雨點不停落下，葛楚德很難睜開眼睛。他們爬到頂樓時，**厄運驟然降臨**。溼淋淋的排水管讓葛楚德的手滑了一下。他們倆猛地往後倒，在空中急速下墜……

哇～。

「啊！」

「嗚！」

50 毒茶

撲通！

艾瑞克和葛楚德掉進池塘。

「咿咿咿！」大猩猩放聲尖叫道。不會游泳的她拚命揮舞雙手。

「葛楚德！葛楚德！冷靜！」艾瑞克在她底下大喊。

但她還是很激動，四肢胡亂拍打。

嘩啦！嘩啦！嘩啦！

「咿咿咿！」

他們倆很有可能在這個小池塘裡淹死。

艾瑞克使盡全力把葛楚德推上去，將她的手放在池畔的石板路上。葛楚德知道該怎麼做，立刻撐著身體上岸。她抖抖毛髮，想把水甩乾，還從嘴裡吐出一隻倒楣的金魚……

嘔～！

……金魚很幸運地掉回池塘裡。

撲通！

與此同時，艾瑞克拖著身子爬上岸。一隻青蛙蹲在他頭上，他連忙把牠趕回家。

撲通！

「葛楚德，我們得去救席德！我不能騎在妳背上，太滑了。我們一起爬吧！」

他退後幾步，撲向旅館，使出強大的「大猩猩之力」，以驚人的速度爬上外牆。葛楚德緊跟在後。

艾瑞克從窗外火速鑽進房間，伸手把葛楚德拉進來。

「你們全身都溼透了！」席德躺在床上驚呼。

「說來話長！呃，其實不長！我們掉進池塘裡了。就這樣！」

躂！躂！躂！

走廊傳來一陣腳步聲。

「她們來了！」艾瑞克低聲說。「快讓葛楚德回到嬰兒車裡！」

席德立刻跳起來，跟艾瑞克一起把溼答答的大猩猩抱進嬰兒車，再用毛巾蓋住。

接著他們助跑跳到床上。

咚！

艾瑞克猛地拉上被子，遮掩溼掉的衣服。

叩叩叩！

「茶泡好囉！」海倫娜邊說邊替端著托盤的柏莎開門。雙胞胎一本正經地走進房間。

「哦！謝謝妳們！」席德語調輕快地說，顯然很期待喝茶。當然，他不曉得茶被下毒了！

「請趁熱喝，」柏莎將托盤放在積滿灰塵的桌子上。「外面的天氣糟透了！」

柏莎注意到房間窗戶大開。雙胞胎交換了一個懷疑的眼神。艾瑞克剛才急著進來，完全忘了關窗！他皺起臉，為自己的失誤懊惱。

「千萬別開窗！」柏莎嚴肅地說。「不然可能會冷死。」

她使使眼色，示意海倫娜關窗。她盡責地替客人關上。

「寶寶呢？」海倫娜問道。

「哦，寶寶睡得——」艾瑞克努力搜索腦海中的字詞，卻怎麼也想不到。

「像個寶寶！」

「那就好。」海倫娜低聲呢喃。

「嗚呼！」葛楚德在嬰兒車裡嚎叫。

「寶寶怎麼會發出這種怪聲？」現在柏莎更懷疑了。「我可以看看她嗎？」

「可以啊！只是要等她醒來！」

「如果她會醒來的話！不好意思失陪了，我和海倫娜夫人有些重要的事要處理。當然，有什麼需要請隨時告訴我們。茶要趁熱喝哦！」

雙胞胎低頭致意，轉身離開房間。

「席德叔叔！」艾瑞克悄聲說。「她們想殺我們！」

「殺我們？」席德訝異地問。

「對！」

席德從床上坐起來。「先讓我喝杯茶吧！」

「不——！」艾瑞克大叫。

51 破解密碼

「又怎麼了？」席德沒好氣地說。

「這壺茶**有毒**！」艾瑞克大喊。

席德露出失望的表情，瞄了托盤一眼。「那餅乾呢？」

「我不知道！但換作是我，絕對不會吃。」

「真可惜！我快餓死了！那對姊妹花為什麼要殺我們？」

「我猜是因為我們發現她們躲在這裡。她們是納粹黨員！」

「納粹？在博格諾里吉斯？」席德驚恐地瞪大雙眼。

「沒錯！」

「你怎麼知道？」

「我看到其中一人對希特勒的畫像敬禮。」

「嗯，不得不說，會那麼做的人確實很有可能是納粹！」

葛楚德從嬰兒車裡坐起身，艾瑞克正用毛巾替她擦乾身體。與此同時，她撥著他的頭髮找蝨子，抓了幾隻來吃。

「我不知道自己長蝨子。」艾瑞克說。

「好啦，別抱怨了！牠們對葛楚德來說可是美味的點心呢。」席德回答。

這時，窗外有什麼東西吸引了他的目光。

「奇怪？這是什麼？」席德喃喃自語，起床走到窗前，腳步有些不穩。

鏗啷！鏗啷！鏗啷！

「什麼什麼？」艾瑞克問道。

「你來看！海面上好像有燈光！有看到嗎？」

艾瑞克來到窗戶旁，站在席德旁邊，順著他指的方向看過去。

天色愈來愈暗，暴風雨持續肆虐，大海怒濤洶湧。**巨浪滾滾翻騰**，周遭霧氣瀰漫，很難看得清楚。但海面上的確有盞燈忽明忽滅，間隔很不規則。

「是船嗎？」艾瑞克問。

「不可能，吃水吃太深了。」

「還是潛艇？」

「大概吧。但一艘英國潛艇在博格諾里吉斯海岸做什麼呢？」

「說不定不是英國潛艇？」艾瑞克表示。「如果是……

納粹U型潛艇呢？」

這時，他們身後傳來一陣瓷器撞擊的叮噹聲。

噹啷！噹啷！

只見葛楚德從嬰兒車裡爬出來，拿起茶壺準備喝茶！

「別喝！」艾瑞克大叫，立刻飛撲過去，感覺就像慢動作一樣……

咻！

……他一把搶走大猩猩手中的茶壺。熱茶灑得整個房間都是……

嘩啦！

……把地毯燒出一個洞。

茶不可能燙到燒穿地毯。很明顯，裡面還有其他致命物質！

「地毯被腐蝕了！」艾瑞克蹲下來查看損壞的地方。

「可見真的是毒藥，」席德驚呼。「謝天謝地，葛楚德一滴也沒喝。」

「快點把那些茶點扔掉！」艾瑞克說。「幫我開窗！」

席德打開窗戶，艾瑞克立刻將托盤上的牛奶、糖和餅乾丟出窗外。

乒！乒！碰！

葛楚德看起來很不高興。她發出響亮的呻吟聲，好像在說：「真討厭！」

「哈嗚嗚！」

「抱歉了，老姑娘！」席德說。

艾瑞克俯身探出窗外，注意到旁邊的窗戶透著亮光，有另一盞燈在閃爍。

這對雙胞胎一定是在跟海上的人聯絡。

「你看！雙胞胎也在閃燈！」

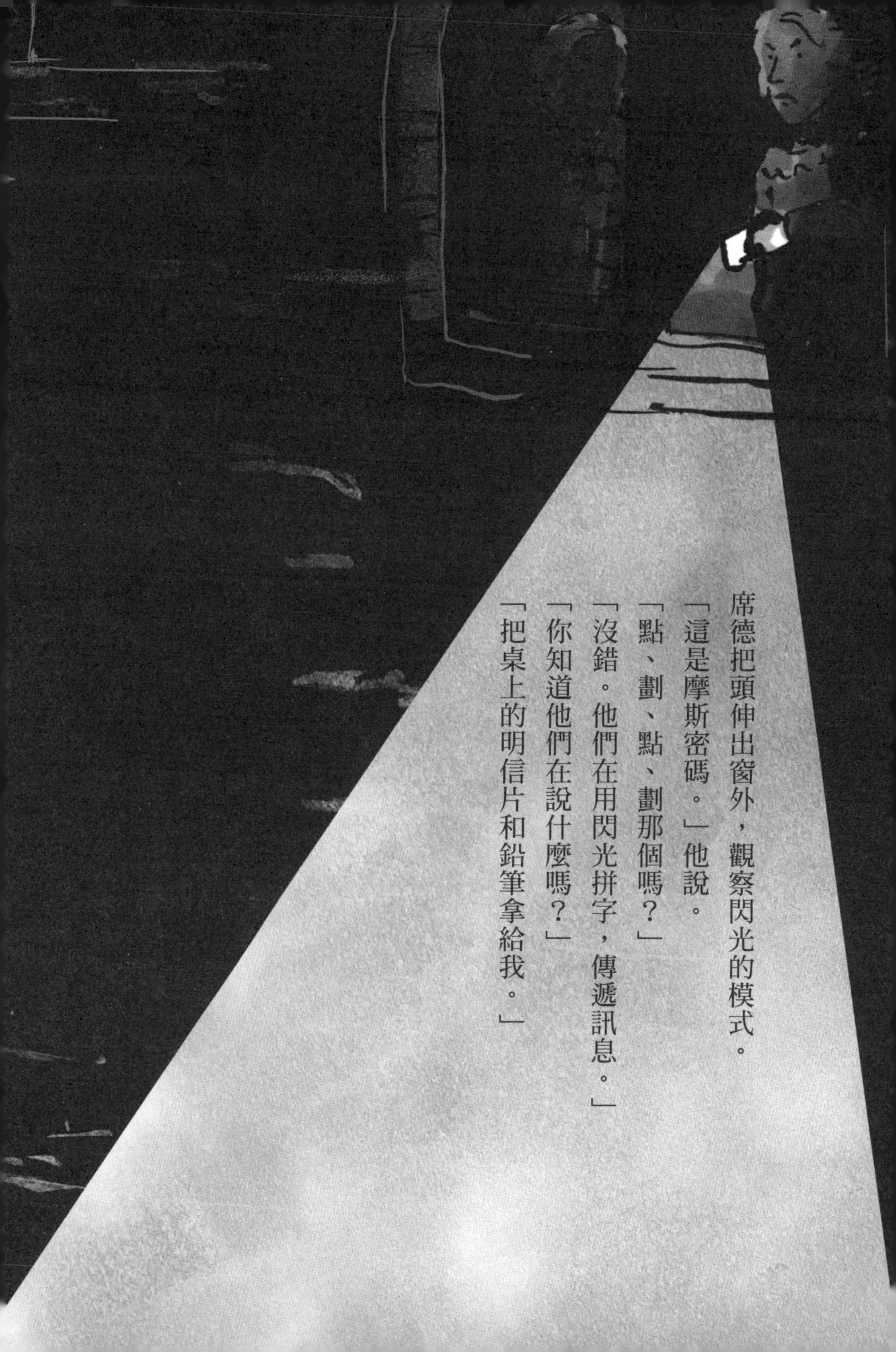

席德把頭伸出窗外，觀察閃光的模式。

「這是摩斯密碼。」他說。

「點、劃、點、劃那個嗎？」

「沒錯。他們在用閃光拼字，傳遞訊息。」

「你知道他們在說什麼嗎？」

「把桌上的明信片和鉛筆拿給我。」

書桌上有幾張邊角捲起的觀海樓明信片。艾瑞克急忙遞給席德。

「我在第一次世界大戰期間有學過摩斯密碼。那是二十五年前的事了。希望我還記得。」

席德開始記下所有點劃。短暫的閃光代表一點，長長的閃光則是一劃。

「可惡！是德文！」席德惱怒地說。「我很久沒用德文，早就生疏了！」

「我只知道『Heil Hitler』是『希特勒萬歲』的意思，」艾瑞克轉頭看著站在窗前的葛楚德。「葛楚德應該也不懂德文！」他摸摸大猩猩毛茸茸的耳後；她很喜歡這樣。「席德叔叔，有什麼你看得懂的字嗎？」

「T、O、T、E、N。」

「Töten？什麼意思？」

「德國士兵衝向我方戰壕時有喊出這個字，是『**殺**』的意思。」

「殺誰？」艾瑞克追問。「我們嗎？」

「等等！」席德又做些筆記。

「C、H、U、R、C、H、I、L、L。」

「邱吉爾！」他們倆異口同聲地大喊。

「Töten Churchill，」席德說。「殺了邱吉爾！」

52 博格諾里吉斯的納粹

席德、艾瑞克和葛楚德無意間發現納粹的陰謀。就在旅館，在博格諾里吉斯。

「事情嚴重了！」席德不得不坐下來消化這一切。「**很嚴重，最嚴重**的那種。刺殺英國首相？要是沒有邱吉爾，納粹德國肯定會贏得這場該死的戰爭。」

「那怎麼辦？」艾瑞克問道。

「我們要離開這裡。馬上。然後想辦法打電話。我們要打去首相官邸警告他們，還要打給警察，打給軍隊，打給貝西。總之打給所有能打的人！」

「他們會相信我們嗎？」

「他們最好相信，否則各國的處境會比現在**更糟**！」

「你看！」艾瑞克驚叫。「還有閃光！**點、點、劃、點**。」

息。

艾瑞克說話的同時，席德草草寫下字母，組成單字，不久便拼湊出一些訊

F、L、U、S、S、T、H、E、M、S、E

B、O、M、B、E

S、I、E、G

兩人研究了好一會，就連葛楚德也彎腰細看。下一秒，一隻在地上爬行的蟑螂轉移了她的注意力。

窸窣！窸窣！窸窣！

她鑽到床底下抓蟑螂。剛才那些餅乾被丟掉了，可以用蟑螂來代替。牠們對大猩猩來說是很棒的零食。

「Fluss?」男孩說。「什麼是『fluss』？」

「嗯，『Themse』聽起來像『泰晤士』，所以『fluss』可能是『河』的意思。」

「泰晤士河！樓下的書房裡有一張很大的倫敦地圖。」

「有意思，」席德摸著鬍子沉思。「真有意思。」

「Bombe 這個字很明顯是炸彈（bomb）！可是『sieg』呢？」艾瑞克又問。

「納粹黨敬禮時會高喊『Sieg Heil！』，意思是『勝利萬歲！』」

「所以『sieg』的意思是『勝利』囉？」

「沒錯！」

艾瑞克深呼吸，內心既激動又畏懼。「好，所以我們解開了一些訊息，分別是『刺殺邱吉爾』、『泰晤士河』、『炸彈』和『勝利』。」

就在這個時候，房門應聲打開。

咿呀！

雙胞胎姊妹站在門口，揮舞著機關槍。

「看來你們沒有喝我們泡的茶，真可惜。」柏莎柔聲說。

「正所謂天堂有路你不走，」海倫娜接著開口。「地獄無門闖進來。」

她們將槍口對著席德和艾瑞克。

「**受死吧！**」柏莎說。

這時，葛楚德叼著一隻蟑螂從床底下鑽出來。

喀吱！

雙胞胎姊妹嚇了一跳。

「呃，那隻大猴子在這裡做什麼？」柏莎問道。

「她不是猴子——是猿！」艾瑞克大喊。

「好，那就大猿！」

「葛楚德是我們從倫敦動物園救出來的大猩猩！」

「可惜她也會死！」柏莎說。

雙胞胎扣動扳機，準備開火。

喀噠！喀噠！

「換作是我，絕對不會開槍。妳們必須留我們活口。妳們這些納粹有什麼陰謀，我們一清二楚。」席德說。

「你知道個屁！」柏莎厲聲喝道。

「應該連屁都不知道吧！」海倫娜嘲笑。

外頭雷電交加。

劈啪！

轟隆隆！

「是嗎？」席德說。「第一次世界大戰時我在軍隊服役。我學過摩斯密碼。」

雙胞胎交換了一個眼神，看起來非常焦慮。

「我們已經監視妳們一段時間了，」艾瑞克尖聲說。「所以我們才會來觀海樓！」他撒謊。

艾瑞克交叉雙臂抱胸，加強態度。葛楚德模仿他的姿勢，發出得意的叫聲。

「哼！」

「我們殺了他們，」海倫娜說。「現在就動手！從猴子開始！」

「是猿！」艾瑞克大喊。

海倫娜用機關槍指著葛楚德。艾瑞克一個箭步上前擋在前面，想保護朋友，席德又一個箭步上前擋在他前面，葛楚德立刻繞到他們兩人前方，好像在玩大風吹。

「別動！」柏莎命令道，臉上閃過一絲不安。「讓我想想！」

「妳要想想，是因為妳不清楚我們知道什麼！」艾瑞克用嘲弄的語氣說。

「還有樓下客廳那臺無線電設備！我們可能會打電話給某人，告訴他們妳們要殺誰喔。」

「不如打給邱吉爾先生本人好了？」席德補上一句。

雙胞胎臉色鐵青。

她們以閃電般的速度用德語交談。席德和艾瑞克都聽不懂她們在說什麼（還有葛楚德，她看起來一臉困惑）。但艾瑞克看得出來，這對姊妹嚇壞了。

「**跟我們走！**」柏莎大吼。「我們遲早會用**酷刑**逼問，看你們知道什麼！快走！」

兩人用機關槍指著房門。

席德和艾瑞克分別牽著葛楚德的左右手，帶她走過雙胞胎身旁，離開房間。他們一踏出去，艾瑞克就砰地甩上門，放聲大喊：「**快跑！**」

噠噠噠！

無數子彈射穿房門，差點打中他們。

他們三個飛奔下樓，衝向大門口。艾瑞克轉動門把，可是完全轉不動。

「**門鎖起來了！**」他驚叫。

這時，布滿彈孔的房門應聲敞開。

咿呀！

雙胞胎站在樓梯平臺上，拿著機關槍瞄準他們。

「鑰匙在我這！」柏莎喊道。「你們逃不了的！」

「葛楚德！」艾瑞克悄聲叫她，做出用肩膀撞門的動作。

大猩猩立刻明白他的意思。她點點頭，然後衝向大門，使盡全力破門而出。

砰！

門板應聲倒地。

砰！

席德、艾瑞克與葛楚德全速衝刺，子彈如雨點般不停落下，打在他們四周。

噠噠噠！

他們倆牽著葛楚德的手，沿著小徑往前飛奔。山下有好幾輛警車疾駛而來，緊急煞車。

警察迅速下車；艾瑞克看到警方旁邊有三個熟悉的身影。是佛朗爵士、巴特下士和可怕的動物園獸醫納爾小姐。

「吼吼吼！」她低聲咆哮。

53 射殺那隻大猩猩兒！

「觀海樓──！」佛朗大聲說。「那隻鸚鵡說得沒錯，大猩猩兒就躲在這兒！」

「帕克什麼話都學！」席德小聲道。「她一定是洩露我們的行蹤了。」

「至少他們來了，一切都會沒事的！」艾瑞克回答。

「至少我們不會死！」席德說。「我們可以把納粹的陰謀告訴他們！」

「喂！」艾瑞克大喊。「在這裡！」

艾瑞克和席德開始瘋狂揮手，沿著小徑朝他們跑去。

他們安全了。

至少他們這麼認為。

可是他們錯了！

就在他們只離三人幾步遠時，佛朗一聲令下：「射殺那隻大猩猩兒！」

「我很樂意，先生！」巴特舉起步槍瞄準目標。

「住手！」艾瑞克大叫，子彈從他頭頂呼嘯而過，差一點打中。

可是他們不罷休。

砰！砰！砰！

納爾用麻醉槍射擊。

咻。

一支麻醉鏢射進他們上方的樹幹。

「吼吼吼！」納爾咆哮著填裝飛鏢。

與此同時，仍牽著葛楚德的艾瑞克帶著兩名夥伴迅速轉身。

此刻他們正跑回山上，朝賓館急奔而去！

「為什麼要回頭？」席德上氣不接下氣，努力穩住身體。「雙胞胎也會殺了我們！」

鏗啷！鏗啷！鏗啷！

「我不知道還能去哪裡啊！」艾瑞克回答。

這時，他們看見觀海樓門口出現雙胞胎和機關槍的剪影。

「我們穿過花園吧！」席德低聲說。「或許可以從海邊逃走！」

「好主意！」艾瑞克連忙答應。

他們在旅館前急轉彎，跑過雜草叢生的花園。

「我跑到肋骨兩側好痛！」席德靠在一個老舊的石製鳥盆上呻吟。艾瑞克和葛楚德逕自往前跑了一段，來到樹叢另一邊。

艾瑞克回頭透過葉縫察看，發現佛朗、巴特和納爾追上了席德。巴特舉起步槍對著他。

喀噠！

「不要開槍！」席德哀求。

「那就告訴我們大猩猩在哪裡！」巴特說。

「我會的，但我得先告訴你們一件事。」

「什麼事？」佛朗厲聲說。

「我們發現納粹的機密暗殺計畫！」

「在博格諾里吉斯？」佛朗追問。

「對，在博格諾里吉斯！真的！」

「你是個騙子，席德．普拉特兒。快說！大猩猩兒在哪兒！」

「吼吼吼！」納爾用咆哮聲加重語氣。

同一時間，艾瑞克和葛楚德躡手躡腳地從後方靠近動物園三人。

「溫暖！」席德胡亂回答，彷彿在玩捉迷藏。「很暖，非常暖。炎熱！超熱！」

「你到底在說什麼？」巴特問道。

「不要回頭！」席德說。

當然，他們回頭了。

一看到大猩猩這麼近，三人都嚇了一大跳。巴特慌忙舉起步槍準備開火！

葛楚德及時抓住槍管。

「放手！」巴特大喊。

大猩猩不肯，反而用雙手握著步槍，把巴特甩來甩去，速度快到他的身影一片模糊！

「不要放手！」巴特叫道。

可是這一次，大猩猩乖乖放手。

唰！

「救──命──啊──」

巴特飛過空中，**撲通**一聲掉進池塘裡。

納爾小姐拿著麻醉槍瞄準葛楚德。

她扣動扳機的瞬間，艾瑞克推了她一把。飛鏢直接命中佛朗的屁股。

「啊！」他痛得大叫。麻醉鏢的藥效讓他眼前一黑，昏倒在地。

碰！

「吼吼！」納爾怒聲咆哮，重新填裝麻醉鏢。

幸好，她還來不及裝飛鏢，麻醉槍就被席德搶走了。

「吼吼吼！」

力大無窮的葛楚德一把抓住納爾小姐的腰，把她拋到空中。

咻！

「吼啊吼啊吼啊吼啊吼啊！」

納爾就這樣卡在一棵高聳的大樹上。

碰！

「吼吼吼！」她大聲咆哮。樹太高了，一定要有梯子才能下去。

『嗚呼！』席德興奮吶喊。「給他們好看！」

「別高興得太早！我們還得逃跑呢！」艾瑞克大聲說。

54 背部中彈

他們三個快步走下嵌在懸崖壁的陡峭石階，來到海邊。

鏗啷！鏗啷！鏗啷！

目前沒聽到有人追過來。

沙灘空蕩冷清。沒有人會在這樣一個暴風雨肆虐的黑冷冬夜跑來海邊。

「我們應該甩掉他們了！」艾瑞克跑得氣喘吁吁。

他眺望波濤洶湧的大海，注意到好像有什麼東西慢慢浮出水面。深沉的恐懼吞沒了他的心。

先是一根細長的管子——潛望鏡！

接著是一面旗幟——納粹黨徽！

最後是一艘金屬潛艇，緩緩浮上海面。

「艾瑞克，你猜得沒錯，」席德震驚地喃喃低語。「那是一艘U型納粹潛艇！」

每次遇上這種危急時刻，都有個簡單的選擇。

就是跑！

快跑！跑得愈快愈好！

跑跑跑跑跑！快點！快！快跑！

「我們快點離開這裡！」艾瑞克大喊。「快啊！」

「扶我一下，孩子！」席德說。「我的義肢快散了。」

艾瑞克和葛楚德連忙把席德拉起來。這時，後方傳來一陣腳步聲，是鞋子踩在礫石灘上的聲音。

是那對雙胞胎姊妹。她們正拿著機關槍對準他們。

「把手舉起來！」柏莎命令道。

「要是敢動一下，就準備吃子彈！」海倫娜厲聲說。

艾瑞克和席德互看一眼。

「這樣我們還能舉手嗎？」席德問道。

「什麼？」柏莎大吼。

「這樣算有動嗎？」

「少囉嗦！」柏莎厲聲說。「把手舉起來，之後要是再動，我們就開槍了！」

「早點講清楚不就沒事了！」席德咕噥。

「別得寸進尺，老頭，否則下場就是背部被子彈轟得像蜂窩，臉朝下浮在海上。」柏莎警告。

這個畫面光想就令人毛骨悚然。席德和艾瑞克立刻乖乖閉嘴。

「我們會留你們活口。但這只是暫時的。等問清楚你們知道多少，尤其是知道你們跟誰通風報信後，我們再來收拾你們。」柏莎繼續說。

沙灘與道路之間停著一排木製小漁船。

「你，孩子！」海倫娜喝令。「跟我來！」

葛楚德嗅到恐懼的氣息。就算今天一切順利，沒遇上半點危險，這對姊妹花還是很可怕。她想陪艾瑞克，並在他隨海倫娜離開時跟上去。

「**嗚嗚！**」她大叫。

「把那隻猴子管好，不然我射穿牠的腦袋！」柏莎怒斥。

席德連忙攔住葛楚德。艾瑞克覺得現在不是糾正對方，說「大猩猩是猿類」的時候。

艾瑞克聽從海倫娜的指揮，把小船拖到岸邊。機關槍近在咫尺，實在很難找機會逃跑。他們三個爬上船，雙胞胎緊跟在後。

「**給我划！**」柏莎叫道。

席德和艾瑞克開始划船出海，葛楚德則坐在他們中間。

與海浪搏鬥固然艱困，但他們仍使勁往前划。納粹U型潛艇在暴風雨籠罩的海面上載浮載沉，許多船員在甲板上立正站好，看起來有如歡迎大隊。最前面的是艦長：一個帥氣的男人，有雙湛藍色眼睛和一頭金髮。他身穿捲領毛衣，戴著有帽簷的軍帽，帽子上綴有老鷹攫住納粹黨徽的徽章。

看到席德和艾瑞克，他非常訝異；看到葛楚德，他放聲大笑。

「大猩猩？哈哈哈！」

顯然他沒想到居然會有大猩猩，當然還有這個男孩和老人。

雙胞胎命令他們三個下船。席德和艾瑞克回頭看了她們一眼。

「少給我作怪！」柏莎揮舞著機關槍厲聲說。

他們一跳上潛艇甲板，三個粗魯的船員就用力抓住他們的手臂。

雙胞胎接著登上潛艇。她們向艦長敬禮，高喊「希特勒萬歲！」

艦長迅速摘下帽子鞠躬，然後親吻雙胞胎的手，表達最高敬意。這種紳士風度讓布勞姊妹忍不住臉紅。

艦長和雙胞胎用德語談了很久。從三人的表情和手勢可以看出來他們在討論這三名囚犯。最後艦長點點頭，船員立刻把席德、艾瑞克和葛楚德帶走，押

著他們穿過艙口，進入船艙。

沒多久，雙胞胎及其他人也都下到船艙。船員將梯子往上推回原位。

艾瑞克心裡湧起一股奇怪的感覺，既害怕又興奮。他有點內疚，覺得自己不該興奮，可是他，一個十一歲男孩，居然在敵軍的潛艇上，叫人怎能不興奮！

艾瑞克肯定是唯一一個登上納粹潛艇的英國男孩。
但他能活下來講述這個故事嗎？

機密

第五部

最黑暗的時刻

最高機密

CB

55 浪濤下的囚犯

光看外部船體，絕對想不到納粹潛艇內部居然這麼狹窄。裡面到處都是船員，負責操控無線電、雷達、測量儀器、控制器、調節裝置和閥門，讓潛艇在海中行駛。艾瑞克、席德與葛楚德被三名粗魯的船員押著走，經過狹小的通道，來到潛艇艉部（就是船尾的意思）。

第一個船員身材矮壯，脖子的粗度跟頭一樣寬。第二個船員臉上有道疤痕，正好劃過其中一隻眼睛，那隻眼睛是混濁的白色。第三個船員有點禿頭，留著濃密的大鬍子，而且非常魁梧，只能勉強擠過通道；就是他負責押解葛楚德。

席德和艾瑞克從來沒登過潛艇，這對他們而言完全是新的體驗，葛楚德也一樣。每走一步，她都好奇地東張西望，想探索這個新環境。她一定是餓了，因為她一直企圖掙脫船員的束縛，跑去**舔**水龍頭、把手和儀器！

嚓！

但那名魁梧的船員粗魯地推著她往前走。

「咿咿！」葛楚德抱怨。

他們走過船艙，艾瑞克注意到有很多刻著納粹黨徽的黑色大鋼瓶，用繩索綁在船體上。至少有上幾百個。

「這些鋼瓶是做什麼用的啊？」艾瑞克用氣音問席德。「看起來不像潛艇原有的零件。」

「安靜！」禿頭船員厲聲喝斥，用肥得像香腸的手指捏艾瑞克的手，讓他覺得好痛。

「哎喲！」艾瑞克大叫。

葛楚德才不會任憑好友遭受這種對待！她掙脫船員的束縛，露出尖牙，準備戰鬥。

「吼！」

三名船員嚇壞了，開始用德語激動交談。

「不要傷害她！拜託」艾瑞克懇求。

船員拿了一根粗繩想把葛楚德綁起來。她奮力擊退他們。

「吼！」

可是那三名船員都很強壯，動作也很快。一轉眼，他們就用繩子纏住葛楚德，讓她無法移動手臂。

「吼吼吼！」她放聲咆哮，拚命想掙脫。

他們拉緊繩索。

「咿咿咿！」葛楚德痛苦大叫。

艾瑞克跑向船員。

「別這樣，艾瑞克！」席德呼喊。「他們會殺了我們的！」

禿頭船員抓著艾瑞克的後頸，拎著他走過通道。

他們把三名囚犯推進狹小的艙房，將他們壓制在地，反扭雙臂，用鐵鏈牢牢綁在金屬管上。

鏗啷！鏗啷！鏗啷！

葛楚德被綁在席德和艾瑞克中間。

「嗚！嗚！」大猩猩哀號。大家都很痛苦。

「沒事的，葛楚德！」艾瑞克安撫她。「我們一定會逃離這裡。我不曉得該怎麼做，但我們一定會逃出去的。」

「對，不能讓這些白痴得逞！」席德附和道。

三名粗魯的船員很滿意自己的傑作。

他們咯咯笑了起來，然後離開艙房，鎖上艙門。

「**哈哈哈！**」

這間艙房看起來很像艦長的私人住艙。裡面有一張窄窄的床，一套小巧優雅的桌椅，牆上掛著一個鐘和一面納粹旗幟。一個銀色相框放在書架上最顯眼的位置，照片裡的艦長獲希特勒本人親自頒授一級鐵十字勛章——那是德國最高軍事榮銜。

此外，牆上還釘著許多地圖和圖表，上面畫著U型潛艇執行機密任務的航線。現在潛艇正沿著英國南岸行駛，接下來會轉進泰晤士河口，直達倫敦。地圖上圈起來的位置跟艾瑞克在觀海樓看到的地圖一模一樣。

紅色圈圈旁草草寫著「國會」二字。一看就知道是哪裡。

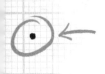

「那一定就是他們的目標，」艾瑞克猜測。「國會大廈！」

「要是國會大廈被炸毀，不只是跟邱吉爾說再見，整個政府都會垮臺！」

席德說。「英國一定會投降。真倒楣，我們沒機會打電話警告外界！」

「我們得想辦法阻止他們。」

葛楚德歪著頭，顯然想聽懂他們在說什麼。她努力跟上對話，不時對兩人點點頭表示同意。

就在這時，外面突然傳來一陣聲響。

「噓！」席德示意他們安靜。「我們來聽聽他們在說什麼。」

大猩猩轉動毛茸茸的大耳朵，對著艙房門口。

艦長正在門外用德語跟雙胞胎爭論。

「艦長很不高興我們打亂他們的計畫。非常不高興。」席德判斷。

過了一會，艙門應聲打開。

喀噠！

艦長帶著陰險的冷笑走進艙房。

「晚安。」他英語非常流利。「歡迎搭乘我的潛艇。我是史畢爾艦長。

好，我們來看看——三個最不像間諜的間諜。一個老人，一個小男孩和一隻猴子！」

「是猿！」艾瑞克立刻糾正他。他就是忍不住。

葛楚德點點頭。

「我樂意接受指正！好，是猿！問題是，」艦長蹲下來與他們同高。「關於我方最高機密任務，你們究竟通報了誰？」

一陣漫長又令人難受的沉默隨之降臨。他們很想填滿這段尷尬的空白，但席德什麼也沒說，艾瑞克也照做，不過葛楚德很有意見。她噘起嘴，對著艦長的臉吹出響亮的噗噗聲，口水四處飛濺。

「噗——！」

席德和艾瑞克放聲大笑。

「哈哈哈！」

史畢爾揚起微笑，但不是因為他覺得這很好笑。

「著名的英式幽默！盡情地笑吧，朋友。再過幾個小時，你們敬愛的首相溫斯頓．邱吉爾就會死。」

「你不會得逞的！」艾瑞克大喊。

「哦，我們會的。我的任務由元首親自監督。希特勒知道，只要邱吉爾一死，英國就會像隻被砍頭的雞，憤怒地亂跑一陣，最後倒地死去。咯咯咯！」

史畢爾模仿無頭雞模仿得意外地好。

「屆時就是攻擊的最佳時機！納粹會大舉入侵英國！你們全都要跪在元首面前俯首稱臣！」

「我已經聯絡唐寧街十號警告他們了。」艾瑞克撒謊。
「現在你又改口啦？」
「他們知道有艘納粹U型潛艇正駛向國會大廈，打算刺殺邱吉爾！」
席德和葛楚德轉頭看著艾瑞克，顯然是希望他知道自己在做什麼！

56 世界上最大的炸彈

「有意思！真有意思！」史畢爾柔聲說。「你一個小孩要怎麼聯繫首相官邸？寄明信片啊？哈哈哈！」

「不是，我用觀海樓裡的無線電設備發送訊息給他們！」艾瑞克反應很快。

席德、葛楚德跟著艾瑞克一起點頭。史畢爾臉色一沉，略顯擔憂。「像你這樣的小男孩居然會操作這種複雜的設備，太令人驚訝了。」

「很簡單！學校有科學課，我上課很認真。」艾瑞克又說謊。他根本沒在上課。

「你說謊！」史畢爾厲聲喝道。

「你確定嗎，史畢爾艦長？」席德連忙搭腔。「你和雙胞胎之所以沒殺我們，不就是因為不清楚情況如何嗎？」

「這倒是真的，老頭！那臺無線電設備是專門為我方安插在英國的納粹間諜柏莎和海倫娜．布勞打造的機種，只能接收訊息，不能傳話。她們可以用那臺無線電竊聽英國特勤局的訊息。不過設備必須裝設在英國領土，在德國、或像我們現在海底，無法接收到訊號。」

「你就是用這個方法掌握邱吉爾的行蹤？」艾瑞克問道。

「沒錯，孩子。布勞姊妹是很厲害的解碼人員。她們發現你們的首相今晚午夜會召集所有內閣成員舉行機密會議。英國陸海空三軍的司令也會出席。我們會一舉殲滅他們！」

咕嘟！

艾瑞克、席德和葛楚德吞了一口口水。

這個計畫比他們想的更卑劣。

「想殺邱吉爾？你以為你是誰啊？」席德說。

「我以為——事實上我很確定——我是納粹德國海軍中受勳最多的艦長。光是敦克爾克一役，我就用魚雷擊沉了三艘英國軍艦。」

艾瑞克心頭一驚。他父親撤離法國時所搭乘的英國皇家海軍格拉夫頓號就是被德國魚雷擊沉，導致他命喪大海。艾瑞克心裡燃起熊熊怒火。「不會是格拉夫頓號吧？」他問道。

史畢爾艦長想起這段回憶，忍不住微笑。「就是格拉夫頓號，英國艦隊中最大的一艘。」

「你這個**殺人兇手！**」艾瑞克氣得渾身發抖。「我爸爸就在那艘船上。」

「嗚嗚嗚！」葛楚德扭著身體大聲嚎叫，想掙脫繩索。

「是嗎？」史畢爾揚起一邊嘴角。「他不過是死在那艘船上的眾多士兵之一。這就是戰爭。」

一想到失去爸爸，艾瑞克難過得放聲大哭。所有回憶倏然湧現。當時他放學回家，一看到媽媽的表情，什麼都不必說，他就知道最壞的事發生了。他曾做過噩夢，夢見爸爸臨終時的樣子。

「真希望我現在能給你一個擁抱。」席德微微移動鐵鏈，對著啜泣的艾瑞克說。

『**嗚嗚！**』葛楚德附和道。

雖然她不明白背後的原因，但是她知道艾瑞克很傷心。大猩猩用頭磨蹭他的臉，用毛髮替他擦眼淚。

「謝謝你，席德叔叔。謝謝妳，葛楚德，」艾瑞克低聲說。

葛楚德小聲地呻吟，似乎想說點安慰的話。

「姆——！」

艾瑞克不懂大猩猩的語言，但他明白她的意思。

「我很樂意殺你，就像我很樂意殺你父親一樣！」史畢爾柔聲說。

艾瑞克試圖掙脫鐵鍊，往這個惡人的鼻子揍一拳。可是沒用。

「**你這個怪物！**」他大吼。「這不只是戰爭——是**純粹的邪惡！**」

葛楚德也試著掙脫綑綁。但這是不可能的。

鏗啷！

於是她轉而對史畢爾咆哮，露出尖牙。

「吼！」

史畢爾退後一步。只要葛楚德願意，她隨時都能化為一頭可怕的野獸。

「管好那件行走的毛皮大衣，否則我立刻開槍解決牠！」史畢爾喝令，伸手拿皮套裡的手槍。

「我很不想這麼說，史畢爾艦長，但你們的計畫註定要失敗！」席德厲聲說。「光靠魚雷是不可能摧毀國會大廈的！」

「魚雷？」史畢爾艦長笑了起來。「我們不會發射魚雷！」

席德和艾瑞克一頭霧水，就連葛楚德也露出困惑的表情。

「那你打算怎麼刺殺邱吉爾？」席德追問。

「潛艇上到處都是炸藥。這裡，這裡，還有這裡，」他指著綁在牆上的黑色鋼瓶說。「船上有好幾百顆炸彈，每顆的威力都跟魚雷一樣強。等潛艇撞上國會大廈——**轟！**轉瞬間就能炸毀整棟建築！」

席德和艾瑞克面面相覷，震驚到不能自已。葛楚德看起來也很震驚，只是她不知道自己在震驚什麼。

「可是……可是……可是……如果潛艇本身就是炸彈，你不是也會死嗎？」艾瑞克喃喃地說。

「是啊。我、全體船員和雙胞胎都會參與這項自殺任務。」

「自殺任務？」艾瑞克不敢相信自己的耳朵。

「沒錯！我們會為了元首的榮耀而死！人們會把我們奉為納粹英雄，直到永遠！」

「那我們呢？」艾瑞克可憐兮兮地問道。

「你們當然也會死啦，」史畢爾艦長柔聲回答。「別急，正如你們英國人說的，耐心是種美德。」

他禮貌地脫帽致意，離開艙房。

57 搔癢

時間一分一秒過去，艾瑞克不停查看艙壁上的時鐘。現在是十一點四十五分，再過十五分鐘就是午夜，潛艇和全體船員會引爆炸彈，摧毀國會大廈。

轟隆！

首相邱吉爾、所有內閣成員及陸海空三軍司令都會喪命。納粹就能像進軍其他歐洲地區一樣入侵英國。

「唉，誰會想到把葛楚德從動物園救出來，最後居然會變成這樣？」席德感嘆。

「我們很幸運啊！」艾瑞克回答。

「幸運？怎麼說？」

「我們有機會成為英雄。」

「你說得對。這是我一直以來的夢想，」席德眼泛淚光。「多年前我踏上法國戰場，才第一天就失去了雙腿，直接被送回英國。現在我終於有機會成為英雄，錯過不再。」

「沒錯！席德叔叔，我們做得到！我、你，當然還有葛楚德，我們可以救邱吉爾。」

葛楚德點點頭。她不太清楚自己是為了什麼點頭，但她很樂意展開冒險。

「那我們要怎麼做？」席德問道。

「我還沒想到，我才十一歲哎。不過首先，我們得擺脫這些鐵鏈。」艾瑞克搖晃鏈條，絲毫沒有鬆脫的跡象。

鏗啷！

「我們不可能解開這些鏈子的。」席德邊試邊說。

鏗啷！

「我們也許做不到，但葛楚德就不一樣了。她的力氣大到可以弄壞籠子，記得嗎？」

席德停止動作。艾瑞克說得有道理。

「但是我們要怎麼叫葛楚德掙脫鐵鏈呢？我跟你都不會說大猩猩語啊。」

「比手畫腳，她會懂的。」艾瑞克提議。

「嗯，也許能成功。」

兩人使出渾身解數，比出扯開鐵鏈的動作。可惜葛楚德只是皺眉搖搖頭，好像眼前這兩人是香蕉一樣。

「我想到了！」艾瑞克突然大喊。「我們搔她的癢，也許她扭動身體的力道大到可以把金屬管弄斷！這樣我們就自由了！」

艾瑞克用頭指指地上的金屬管。那是一根很粗的鋼管，潛艇上有好幾百條類似的管線，沿著船體蜿蜒交錯。

「值得一試！」席德同意。

「好，脫鞋吧。」

「你說什麼？」

「我們被綁住，只能用腳趾搔她的癢。」

「我又沒腳趾！」

「你有錫製的腳趾啊！試就對了！」

兩人踢掉鞋子，費了好大的勁才調整好位置，讓腳與葛楚德的腋下一樣高。

腋下是許多人最怕癢的地方，可是不管他們怎麼搔，葛楚德都沒什麼反應。

咕嘰咕嘰！咕嘰咕嘰！

她看起來似乎很享受，一點也不想蠕動身體。她閉起眼睛，臉上掛著淡淡的微笑。

「她腋下不怕癢！」艾瑞克咒罵一聲。「搔她的下巴試試看！」

他們再次扭曲肢體，變換姿勢，將腳抬到葛楚德下巴旁邊。

「要老人家做這種事未免太為難了。」席德忍不住抱怨。他的屁股正頂著艾瑞克的鼻子。

「不要突然亂動！」艾瑞克厲聲說，很擔心會發生什麼可怕的事。

他們努力用腳搔葛楚德的下巴。

咕嘰咕嘰～！

咕嘰咕嘰～！

這次她只打了一個呵欠。

「呵～」

「可惡！」艾瑞克大罵。「她到底哪裡怕癢啊？」

要是他們有這本實用指南就好了：

大猩猩怕癢部位大公開：

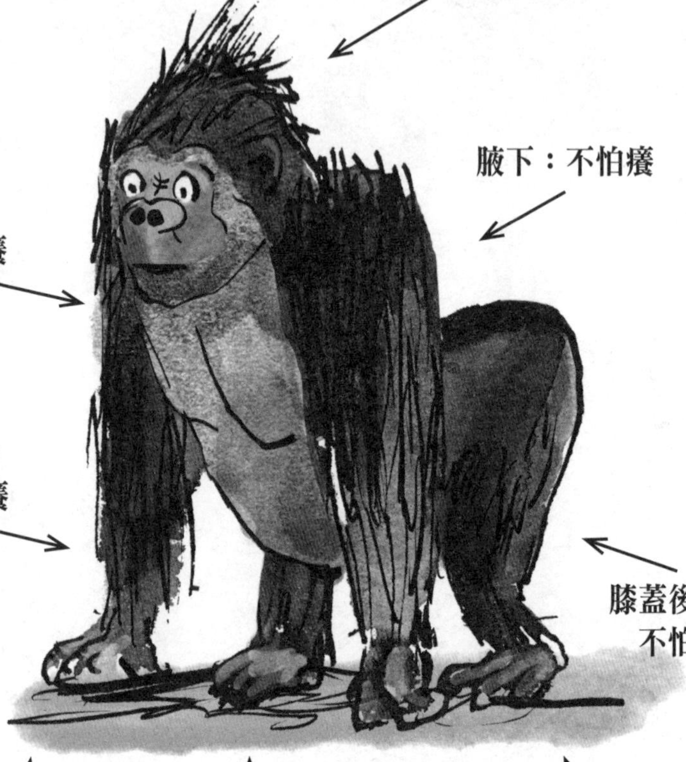
耳後：不怕癢
腋下：不怕癢
下巴：
不怕癢
肚子：
不怕癢
膝蓋後方：
不怕癢
手掌心：
不怕癢
拇趾球：
非常怕癢
（就是腳掌靠近拇趾
根部的球形部位）
腳趾：
不怕癢

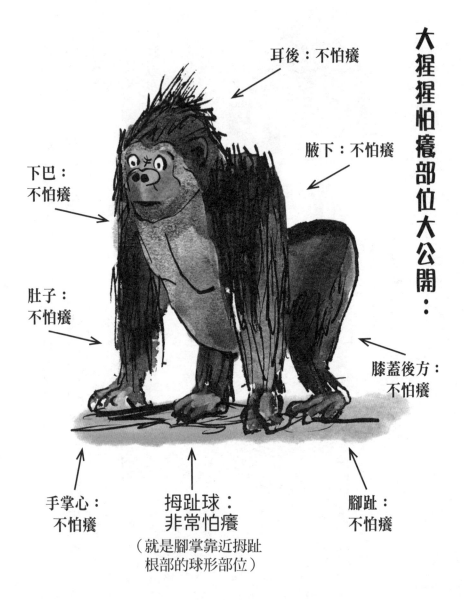

大猩猩搔癢實驗持續了好一陣子，最後艾瑞克和席德終於**命中紅心**！

拇趾球！

他們是整個人倒頭栽來搔癢。

咕嘰咕嘰～！咕嘰咕嘰～！

葛楚德立刻笑了起來。

「嘻嘻嘻嘻！」

不僅如此，她還使勁搖晃、扭動身體，以致鐵鏈不停撞擊金屬管線。

鏗啷！

「加油，葛楚德！」艾瑞克說。

「妳行的，老姑娘！」席德在一旁鼓動。

兩人對著葛楚德毛茸茸的大腳，朝腳掌猛搔。

咕嘰咕嘰！咕嘰咕嘰！

他們愈搔，她扭動得就愈厲害。

咕嘰咕嘰～！咕嘰咕嘰～！

「嘻嘻嘻！」

鏗啷！

鏗啷！

鏗啷！

終於……

啪！

鋼管斷成兩截，艙房裡電光四射。

劈啪！劈啪！劈啪！

鋼管斷裂讓席德和艾瑞克得以掙脫鐵鏈爬起來。

「好耶！」艾瑞克歡呼。

「叔姪倆強勢回歸！」席德附和道。

他們緊緊擁抱葛楚德。

大猩猩眨著薑黃色雙眸使眼色，示意她還被粗繩綁著呢！

「哦，對喔，差點忘了！」艾瑞克連忙回答。

他和席德像拆聖誕禮物一樣，以最快的速度替她鬆綁。

「好了，葛楚德！抱歉剛才對妳搔癢！」艾瑞克說。「但這是唯一的辦法。」

管線中的電纜不斷迸出火星，艙房中火花飛濺。

劈啪！劈啪！劈啪！

就像一場燦爛的煙火秀！

滋滋！

劈啪！

轟！

火花愈飛愈高，燒到納粹旗幟。

轟！

「太讚了！」席德說。

然而，旗幟冒出的煙霧引起火災警報，警鈴聲響徹船艙。

鈴鈴鈴鈴鈴鈴鈴鈴鈴鈴鈴鈴鈴鈴鈴

鈴鈴鈴！

「我們得快點離開這裡！」艾瑞克說。

這時，艙門砰地打開。雙胞胎姊妹戴著納粹黨徽臂章，拿著機關槍擋在門口。一看他們掙脫綑綁，柏莎氣得大叫：「你們三個毀了我們的計畫，我們受夠了！」

「受死吧！」海倫娜補上一句。

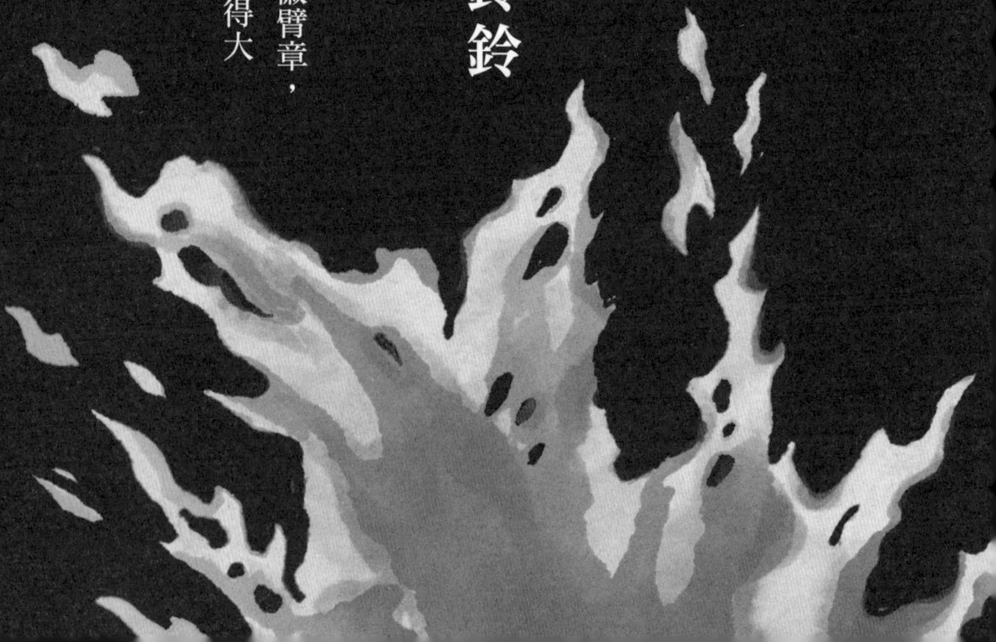

58 火燒屁股

「妳很清楚，要是在這裡開槍，我們全都會死。」席德大喊。

雙胞胎的臉變得很臭（如果還能再更臭的話。因為她們的臉本來就超臭了）。她們知道席德是對的。兩人轉動機關槍……

嘛！

……這樣就能用槍托當武器。優秀納粹間諜可不是當假的！雙胞胎衝上前，準備攻擊艾瑞克和席德。

「嗚呼！」

葛楚德立刻跳出來保護他們，用毛茸茸的大手抓住布勞姊妹的頭。

「不！」柏莎和海倫娜同聲大喊。

大猩猩抓著她們的頭互撞，就像敲開椰子那樣。

咚！

兩人應聲倒地，四肢張開，變成納粹黨徽的形狀。

碰！碰！

「還真是到死都是納粹，」席德說完轉向葛楚德。「幹得好，老姑娘！」

大猩猩捶打胸膛，笑得好開心。

轟！轟！轟！

可是他們高興不了太久——艦長住艙的火勢已經蔓延到床上了！

呼！

床鋪熊熊燃燒。

『嗚嗚！嗚嗚！』葛楚德嚇得尖叫。

「我們該怎麼辦？」艾瑞克急問。

「我們得在潛艇撞上國會大廈前把它弄沉。」

艾瑞克看看牆上的鐘。再五分鐘就午夜十二點了。史畢爾艦長是個一絲不苟、做事嚴謹的人，他一定會抓準時機，於午夜炸毀國會大廈。

「要怎麼做？」艾瑞克追問。

「我們要鑿沉它！」

「什麼？」

「讓它淹沒！打開所有艙蓋，讓水灌進來，讓潛艇沉到泰晤士河底！」

「我們要怎麼活著出去？」艾瑞克又問。

「恐怕很難。我會想辦法把你和葛楚德弄出去，這艘潛艇可以跟我一起長眠泰晤士河。」

「不行，席德叔叔！」艾瑞克說。「我留下來幫你！我失去了爸爸、媽媽和奶奶，不能再失去你！」

大猩猩點點頭。

「你看！」艾瑞克指著艙房門口的狹長通道大喊。

一群船員抓著扳手、鐵鎚等各種工具當武器，朝他們衝過來。

床上的火舌舔著葛楚德的背。

呼！

她感覺到自己毛茸茸的屁股著火了，忍不住嚎叫。

「嗚嗚嗚！」

葛楚德衝出艙房遠離火勢，沿著通道狂奔，沿路推開一個又一個船員。

「好痛！」

碰！

沒有人擋得了一頭屁股著火的可怕野獸！

「哎喲！」

碰！

葛楚德把他們拎起來，丟到船身另一邊。

「啊啊啊！」

碰！

不過，她準備了一些特別的「好康」給剛才折磨她的人，那個留著大鬍子的禿頭船員一定會喜歡！葛楚德一看到他就揚起嘴角冷笑，用手揪住他的鬍子。

「不！不！」他驚呼。

葛楚德抓著他的鬍子，一圈又一圈地甩。

「啊啊啊！」他放聲大叫。

嘩！嘩！嘩！

接著她猛地放手！

禿頭船員掠過半空中，撞飛幾個想來幫他的同袍。一群人就這樣倒成一片，好像撞柱遊戲的柱子。

碰！碰！碰！

船員在通道上**東倒西歪**，艾瑞克和席德只要從他們身上跨過去就好。兩人追上葛楚德，一起跑向駕駛艙。

「這邊！」席德帶著他們往前走。

駕駛艙非常忙亂，喊叫聲此起彼落。

「Parlamentsgebäude in Reichweite, Kapitän!」一名潛水員在潛望鏡裡看的時候喊道。

「國會大廈在射程內！」席德翻譯給艾瑞克和葛楚德聽。「潛艇已經抵達倫敦市中心，準備**發動攻擊！**」

59 咯吱！

史畢爾艦長親自掌舵。

「Eine Minute bis es explodiert!」他對著船員大吼。

「再一分鐘引爆！」席德翻譯。

「你們阻止不了我們！」艦長一看到他們三個立刻大喊，聲音壓過了火災警鈴。

「艾瑞克！梯子！」席德大叫。「爬上去打開艙蓋！」

艾瑞克跑到梯子底下，可是梯子已經被推上去收好，高度只有大人才碰得到，一個矮小的十一歲男孩是沒辦法的。「我搆不到！」

席德衝向梯子，但史畢爾用槍托重擊他的後腦勺，讓他摔倒在地。

碰！

「席德叔叔！」艾瑞克大叫。

「吼！」葛楚德露出尖牙，對著艦長咆哮。

「別管我！」席德倒在地上大喊。「快打開艙蓋！」

「葛楚德！」艾瑞克喊道。「快過來！我需要妳的幫忙！」

大猩猩立刻連跑帶跳地過去。

咚！

艾瑞克跳到她背上；葛楚德雙腳一蹬，跳向艙口。

碰！

艾瑞克雙手抓住梯子用力拉，梯子嘩地滑落下來。

鏗啷！

「謝謝妳，葛楚德！」他從大猩猩背上爬下來，攀上梯子。

艾瑞克試著打開艙蓋，葛楚德則跳下來照顧席德。

「阻止那個男孩！」史畢爾大喊，可是船員們太害怕，不敢貿然從這隻體型甚巨的大猩猩旁邊經過。

「一群懦夫！」史畢爾拋下船舵，感覺潛艇瞬間偏離了航線。

咿呀！

史畢爾衝過去抓住艾瑞克的腿。

「想搞破壞？還早呢！」史畢爾試著把艾瑞克拉下來。他差點就成功了，但葛楚德扶著席德站起來，席德飛快衝過去擒抱史畢爾。

「看看他是不是怕癢，席德叔叔！」艾瑞克大喊。

「我是德國潛艇艦隊中受勛最多的艦長！」史畢爾抗議道。「我才不怕癢！」

「人人都有怕癢的地方！」艾瑞克說。

席德立刻搔搔史畢爾的腳踝，接著是膝蓋後方，但史畢爾完全沒反應。

要是席德有這本實用指南就好了：

納粹潛艇艦長怕癢部位大公開：

如果席德有這本指南，他就會知道該搔哪裡。他試了很多地方都沒用，便決定請求支援。

「**葛楚德！**」他大叫。

大猩猩作勢要撲向船員嚇唬他們……

「**吼！**」

……然後跳到梯子旁。

出於某種原因，大猩猩知道該怎麼做。

直搔屁股！

葛楚德猛搔史畢爾的癢……

咕嘰咕嘰！咕嘰咕嘰！

「天啊！哈哈哈！不！快住手」——

……接著展開攻擊。

她露出尖牙，往史畢爾的屁股狠狠咬下去。

喀吱！

「哎喲喂呀！」

史畢爾大叫，隨即倒在葛楚德和席德身上。

「我快成功了！」艾瑞克喊道。「確定要打開艙蓋嗎？」

「只有把潛艇弄沉，才能救邱吉爾！」席德回答。

艾瑞克深呼吸，轉動最後一道鎖，在泰晤士河的水壓下使盡全力推著艙蓋，但就是打不開。太重了。

「葛楚德！」他又喊。

大猩猩跳上梯子。艾瑞克比手畫腳，要她推開艙蓋。葛楚德點點頭。

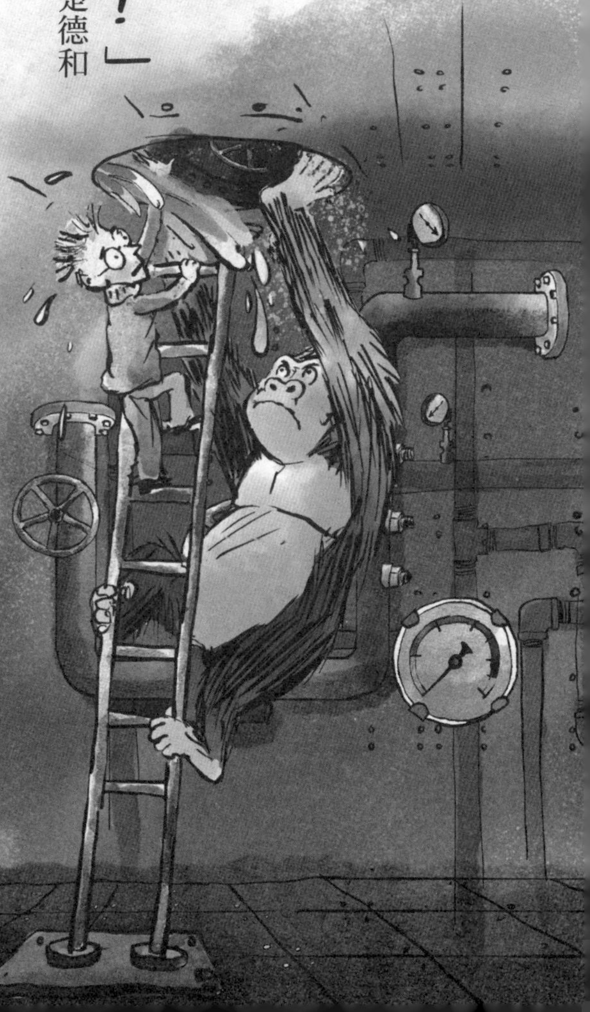

「接下來會很不舒服，葛楚德。我知道妳討厭水！」艾瑞克說。

大猩猩聳聳肩。他們倆一起推開頂部的艙蓋，汙濁的黑水滾滾湧進來。

嘩啦！他們被強勁的水流沖進潛艇裡。

碰！所有人都被突如其來的大水沖走了。

嘩啦！

「嗚嗚！嗚嗚！」

葛楚德不停尖叫。

可憐的大猩猩不會游泳。

河水迅速淹過她的腰。

「撐著點，老姑娘！」席德抓起拖把想救葛楚德。可是，他猛拉掛在艙壁上的拖把時，握柄不小心敲到額頭。

碰！

倒楣的席德，居然把自己打昏了。

河水襲捲而來，史畢爾艦長緊抓著船舵，一邊跟逐漸淹沒自己和潛艇的大水搏鬥，一邊伸手拿掛在脖子上的鑰匙，將鑰匙插入控制面板上的鎖孔。面板上的大按鈕瞬間閃著紅光，**嗡嗡聲**響徹船艙。

嗡嗡嗡！

「我要按下這個紅色大按鈕——**轟！**」史畢爾說。「大家**同歸於盡！**」

60 紅色大按鈕

儘管與死神多次擦肩而過，艾瑞克的求生意志依舊強烈。他涉水走過潛艇，朝史畢爾艦長飛撲而去，將他撂倒在地。

碰！

史畢爾奮力反擊，踢著腿掙脫。

「呃啊！」

現在他的手指搆不到那顆紅色大按鈕。

骯髒汙濁的泰晤士河水不斷湧入潛艇，已經淹到葛楚德的脖子了。可憐的大猩猩在絕望中死命掙扎。

「嗚嗚！」

嘩啦！嘩啦！

更多可怕的事接踵而來。河水的重量讓U型潛艇翻覆，上下顛倒，把史畢爾艦長從位置上甩下來。船體緩緩沉沒，撞上河床。

呀呀！

艾瑞克拚命往上游到氣穴呼吸空氣。

『呼！』

席德臉朝下漂浮在水面上，艾瑞克擔心最壞的情況發生了。同一時間，葛楚德的頭逐漸被水淹沒。

咕嚕！咕嚕！咕嚕！

艾瑞克連忙把席德翻過來讓他可以呼吸，然後一把抓住葛楚德。

「葛楚德！撐著點！」

受驚的她緊巴著艾瑞克的背。

與此同時，史畢爾扯下艙壁上的水下呼吸裝置，戴上面罩。他似乎決心按下紅色自爆按鈕，能毀掉多少是多少。

「為了元首的榮耀！」他高喊著潛入水中。

「糟了！」艾瑞克喃喃地說。「葛楚德，妳抓著席德！我去追他！」

艾瑞克拿開葛楚德環抱在他胸前的手，放到席德身上，隨後跟著史畢爾潛到水裡。

河水太髒，眼前除了一片模糊外什麼都看不見。艾瑞克只能勉強辨識出艦長背上的灰色大氣瓶。正當史畢爾準備觸碰紅色按鈕的時候，他一把抓住氣瓶。兩人拚命扭打，過程中全都浮上水面漂到潛艇尾端。此時的潛艇幾乎被河水吞沒，只剩下頂部一個小氣穴。

呼！

船員紛紛游過他們身旁，急著想逃離逐漸下沉的潛艇。

「一群叛徒！」史畢爾氣得大吼。「你們這些卑鄙懦弱的小人！我要殺了你們！一個都不留！」

史畢爾的力氣比艾瑞克大得多。他在扭打中搶走氧氣瓶，用瓶身狠打艾瑞克的臉。

砰！

「啊！」艾瑞克昏了過去。

眼前一片黑暗。

周遭靜默無聲。

61 水底墓園

接下來，艾瑞克只知道有一條粗糙的大舌頭不斷舔舐他的臉。

「葛楚德！」他失聲驚呼。

大猩猩一手抓住席德，一手捂著胸口，對艾瑞克表達深切的愛意。

艾瑞克揚起微笑，也把手放在心上。

「史畢爾艦長呢？」他看到氧氣瓶在旁邊漂浮，不禁納悶。

葛楚德揚起頭，試著理解牠的意思。

艾瑞克靈機一動，用手勢比出艦長戴的軍帽。

葛楚德指指水下。

不！艾瑞克心想。史畢爾會按那個**紅色按鈕**。我們死定了！

砰！

船頭用力撞上河床，潛艇劇烈搖晃。

鏗噹！

艾瑞克緊抱著氧氣瓶。他們有辦法利用氣瓶浮上河面嗎？

葛楚德絕對游不上去。

況且席德也還沒甦醒，他不能把外叔公和葛楚德丟在這座水底墓園。

艾瑞克把席德抬起來，讓他跨坐在氣瓶上。他比手畫腳，要葛楚德抱住席德，自己則坐在氣瓶尾端。

「我們快離開這裡！」艾瑞克調整角度，讓氣瓶對準潛艇艙口。

就在他想轉開噴嘴，讓氧氣噴出之際，災難瞬間降臨！

布勞雙胞胎姊妹沿著船艙游過來。

「讓我們**同歸於盡！**」柏莎說。

「為了敬愛的元首！」海倫娜補上一句。

她們各抓住席德的左右腳踝，阻止他們逃跑。艾瑞克沒時間擊退她們，便直接轉開噴嘴……

噓！

席德的義肢應聲脫落，留在她們手裡。

啵！啵！

那雙老舊的錫製義肢終於派上用場了！

雙胞胎抓著席德的假腿大喊……

「不！」

……他們三個坐在氣瓶上，

噓！

飛快衝過艙口。

62 滔天巨浪

從河床到泰晤士河面這段路程非常漫長。河水一片漆黑，現在又是半夜，艾瑞克什麼都看不見，只能一直緊抓住席德與葛楚德。

終於，他們竄出水面。

嘩啦！

『呼！』艾瑞克深吸一大氣。他們還活著！

艾瑞克眨眨眼睛。國會

大廈就在那裡。

大笨鐘敲響，宣告午夜降臨。

噹！噹！噹！噹！

噹！噹！噹！噹！噹！

噹！噹！噹！

艾瑞克看到有個身影站在露臺上——那絕對是邱吉爾不會錯！身材圓滾的老首相身旁有三個穿著軍服的男人，一定是陸軍、海軍和空軍司令。他們身後有一群男女，看起來個個是顯要人物。那是英國內閣成員。

大家全都望著坐氣瓶沿河面彈跳的奇特三人組，不停指指點點。

「快找掩護！」艾瑞克高喊。「河底有一艘納粹潛艇要**爆炸**了！」

隨扈趕緊帶邱吉爾回到室內，其他人緊跟在後。

下一秒……

轟！

史畢爾一定是按下了那個紅色大按鈕。

河水如山一樣高高噴向空中。

咻！

整座國會大廈都被水濺溼了，彷彿一秒內下了一整年份的雨。

嘩啦！

潛艇在泰晤士河深處爆炸，掀起了滔天巨浪。洶湧的浪潮襲捲西敏橋，差點把正在過橋的夜班公車和計程車沖走。

艾瑞克飛快轉頭，驚恐地看著高如大象的巨浪追過來。

嘩！

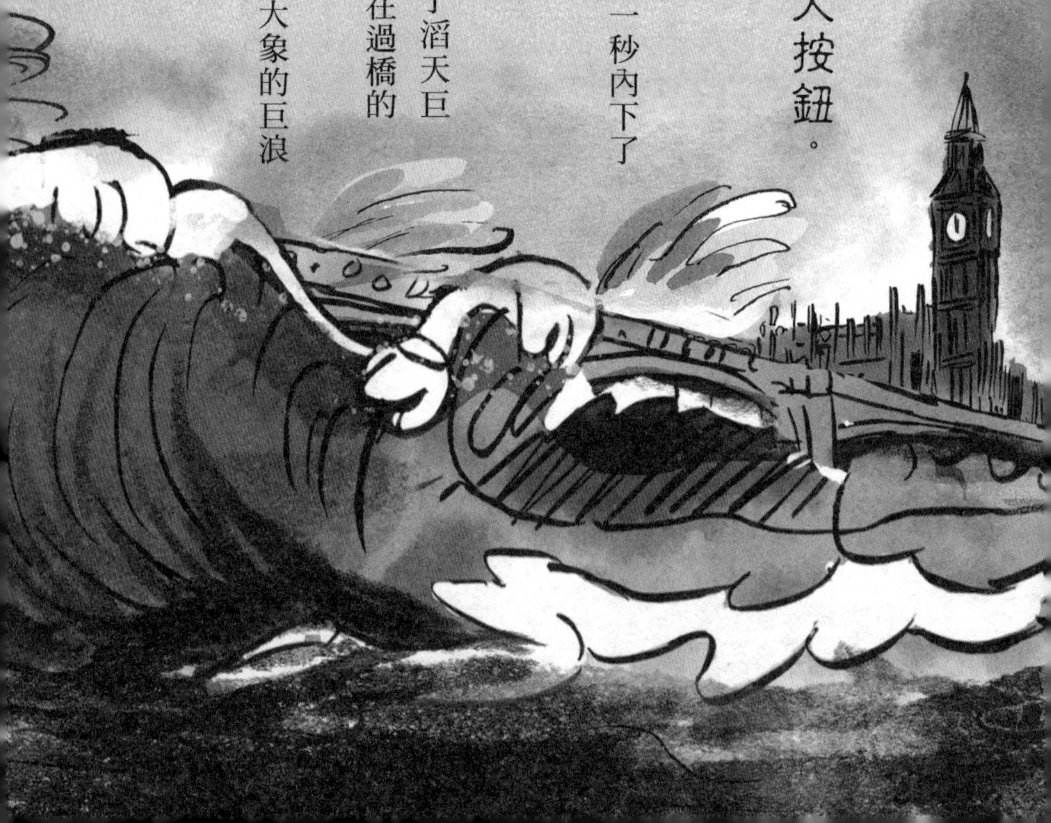

他急忙轉動閥門，讓氣瓶噴出更多空氣。

咻！

可是氣瓶像魚雷一樣在河面上彈來彈去。

大浪在背後窮追不捨。

嘩！

「葛楚德！」艾瑞克大喊。「快站起來！我們要衝浪了！」

艾瑞克站在氣瓶上努力保持平衡。

一站穩腳步，他就開始比手畫腳，要葛楚德跟著做。

她使盡全力抬起依舊昏死、沒有腿的席德。他們盡可能保持平衡，乘著巨浪沿著泰晤士河前進。

他們從黑衣修士橋下經過，然後是南華克橋和倫敦橋。接近倫敦塔橋時，大浪終於逐漸平息。他們在冰冷的河水中載浮載沉，緊抓著彼此保命。

這時，艾瑞克注意到倫敦塔橋邊有架梯子，一直延伸到河畔。他抓著葛楚德和席德，使勁踢著腿游過去。

「這邊！」他大喊。

葛楚德第一個抵達梯子下方。艾瑞克把席德推到她背上，讓他的手臂呈環抱姿態。大猩猩知道該怎麼做；她抓著席德垂落在她胸前的手，輕巧地踏上梯子，以驚人的速度飛快爬上去。艾瑞克緊跟在後，完全沒睡讓他疲憊不堪。

他攀上最後一級階梯，撐起身體爬上橋時，兩雙黑色大靴子映入眼簾。他抬頭一看，發現是兩名警察。他們張大嘴巴，目瞪口呆地看著那隻全身溼透的大猩猩站

在倫敦塔橋上，還背著一個沒有腿的男人。

「今天晚上很適合游泳！」艾瑞克開玩笑說。警察完全沒笑。

葛楚德輕輕將席德抱到地上，拍拍他，想把他叫醒。

『呼呼！』

「席德叔叔？席德叔叔？」艾瑞克在一旁呼喚。「醒醒啊！」

席德沒有反應。

『嗚哇哇！』葛楚德大聲哭嚎，失去朋友讓她傷心欲絕。

「要叫救護車嗎？」一名警察問道。

「已經太遲了！」艾瑞克哽咽著說。

艾瑞克在電影裡看過主角闔上死去同伴的雙眼，於是便用手指輕觸席德的眼皮。

「把你的髒手從我眼皮上拿下來！」席德沒好氣地說。

「**你還活著！**」艾瑞克驚呼。

「呼呼呼！」葛楚德發出興奮的叫聲。

他們倆緊緊抱住席德。

「我有錯過什麼嗎？」席德問道。

「沒什麼啦！」艾瑞克綻出笑容。

「不！我失去了成為**英雄**的機會！」

「沒有，席德叔叔，完全沒有！」艾瑞克撒謊。「你不記得了嗎？」

「記得什麼？」

「你單槍匹馬對付史畢爾艦長。」

「真的嗎？」

「對啊，而且你還擊退了雙胞胎姊妹。」

「天哪！」

「席德叔叔，是你憑靠一己之力救了邱吉爾。**你是個大英雄！**」

「真的嗎？」席德激動問道。

「真的！」艾瑞克說了一個無傷大雅的小謊。

「好耶！」席德好高興。「我是個英雄！妳聽到了嗎，老姑娘？妳的老動物保育員！是個大英雄！」

「嗯哼！」大猩猩咕噥了一聲，感覺有點懷疑。

「我們最好帶你們回警局，」一名警察開口。「讓你們暖暖身子！」

「好，」艾瑞克回答。

「我們有很多故事要說呢。」

CB
機密
第六部
熱愛傳統
最高機密
Dpt.

63 全世界最有名的地址

他們換上乾淨的衣服，接受非常澈底的審訊，吃了一些茶點；沒多久，**英國祕密情報局**（軍情六處）的人就衝進警局。雖說**祕密情報局**是「祕密組織」，但這些人全都戴著紳士帽、穿著防風大衣，還立起衣領，完全洩了他們的底。

「現在由我們接手。」其中一人拿出證件高喊。

然後是更多問題、更多茶和更多餅乾。接下來，他們三個只知道自己坐在寬敞的黑色轎車後座，在車隊的護送下於黎明時分駛過倫敦街頭。黯淡的冬日微光在建築之間流淌，這座城市才剛剛甦醒，居民對昨晚那些難以置信的戲劇性事件一無所知。一艘納粹U型潛艇差點成功刺殺英國首相，最後在泰晤士河深處爆炸時，大多數人仍在酣眠。

「請問我們要去哪裡？」艾瑞克擠在葛楚德和沒有腿的席德中間，於後座問道。

特勤人員盯著前方不發一語，好像根本沒聽見一樣。就算葛楚德、艾瑞克和席德嘟嘴用**噗噗聲**吹出流行金曲〈我們會再相見〉（We'll Meet Again），他們依舊不苟言笑。

「噗！噗噗！噗！噗噗噗噗！」

最後，艾瑞克才意識到車隊沿白廳大道疾駛而過。

他們經過用來紀念第一次世界大戰罹難者的和平紀念碑，然後急轉彎，在全世界最有名的地址門前停下來。

唐寧街十號。

過去兩百多年來，這裡一直是英國首相官邸。特勤人員打開車門，將輪椅推到席德面前；一位管家帶著他們三個走進官邸。

這是艾瑞克迄今造訪過**最壯觀**、**最華麗**的大宅，有寬敞的原木階梯、緋紅色地毯和大理石地板。他們被帶進一間辦公室，裡面有座巨大的壁爐和一張氣派的木桌。

「請坐。」管家說。

「我已經坐著啦！」坐在輪椅上的席德打趣說。管家就和剛才那群特勤人員一樣，完全沒笑。他們靜靜等了一會，期間還試著阻止葛楚德吃掉桌上的電話。沒多久，辦公室的門敞開，全世界最知名的大人物之一就站在門口。一個六十多歲的矮胖男人拖著腳走進來。他身穿炭黑色三件式西裝、白色襯衫，頸上還戴著點點領結。

「陛下！」艾瑞克話才一出口就發現自己講錯了。
「還不是啦！」邱吉爾咯咯輕笑。

64 無禮的客人

首相一走進辦公室，艾瑞克立刻站起來。

「請坐，請坐，不必拘禮。」邱吉爾說。

「謝天謝地，」席德插嘴。「因為我站不起來！很榮幸見到你，先生！」

「是我的榮幸才對！不好意思，請問這位可愛的小姐是誰？」首相問道。這個問題很合理，畢竟不是每天都有隻大猩猩坐在他的辦公室裡。

「哦，她叫葛楚德，先生！」艾瑞克回答。「我們把她從動物園偷——」

「**救出來！**」席德連忙糾正。

「對，從倫敦動物園救出來。」

「就我昨晚從國會大廈露臺看到的情況，她協助你們救了我、三軍司令和所有內閣閣員的命！」

「是的，先生。」艾瑞克回答。

「不過可別把功勞全都歸給葛楚德，」席德打岔。「我也有出力咧！」

「而且是很多力。」艾瑞克附和道。

「吼！」葛楚德大聲咆哮，強烈反對。

「請把納粹可怕的陰謀告訴我吧。」

艾瑞克將整段經歷從頭到尾、一五一十地告訴邱吉爾。他們用防空氣球從倫敦動物園救出葛楚德；從佛朗、巴特和納爾手中逃出來；跑到博格諾里吉斯，遇上邪惡的布勞

雙胞胎姊妹；還有，他們登上的納粹潛艇其實是一枚巨型炸彈！艾瑞克描述的時候，葛楚德在一旁表演當時的景況，讓故事更生動。當然，艾瑞克始終將焦點放在席德身上，讓他當主角。

邱吉爾饒富興味地聽著這場冒險。

「那些卑鄙的納粹！他們的邪惡永無止境！」他打開桌上的盒子。「要抽雪茄嗎？」

「首相先生，如果可以，我想先拿一根，留著以後再抽。」席德邊說邊把雪茄塞進胸前口袋。

「當然沒問題！要抽雪茄嗎？」邱吉爾問艾瑞克。

「我才十一歲耶，」艾瑞克回答。「媽媽要我永遠不要抽菸。她說這是壞習慣。」

「哦，這倒沒錯！是很不好的習慣！最好別抽。」

不過葛楚德似乎有別的想法。她把手伸進盒子裡，抓起一根雪茄。

「葛楚德，不要！」艾瑞克大喊，可是已經來不及了。大猩猩像吃巧克力一樣嚼著雪茄。

嗝！嗝！嗝！

她很快就發現雪茄一點也不好吃，頓時臉色大變，開始吐出雪茄屑。

呸！呸！呸！

一片嚼爛的雪茄紙噴進邱吉爾的眼睛裡。

唯！

「真的很對不起，首相先生！」艾瑞克急忙道歉。

邱吉爾泰然自若地抽出胸前口袋裡的絲質手帕，擦擦眼睛。「哦！別擔心。相信我，唐寧街十號接待過很多更無禮的客人！哈哈哈！」

這番話稍微緩和了尷尬的氣氛。他們全都笑起來，就連葛楚德也笑了。

「呵！呵！」

這一笑讓她噴出更多雪茄屑，濺到三人身上。

「哈哈哈！」

「好了，我要提醒你們，」邱吉爾開口。「納粹策劃的這場陰謀必須維持最高機密，若英國人民和其他盟軍知道希特勒差點殺了我及其他重要人物，士氣一定會大受打擊，影響到戰爭成敗。你們明白嗎？」

艾瑞克和席德突然坐直身體。

「是的，先生！」艾瑞克回答。

「這樣啊！」席德顯然很灰心，似乎想讓全世界都知道他的英雄事蹟。

「這件事會跟許多國家機密一樣，在英國情報檔案室封存八十年，之後——也只有到那個時候——才會公諸於世。」

「我們明白了。」席德勉為其難地同意。

葛楚德豎起手指抵住嘴脣，彷彿在說：「**最高機密！**」

「我們需要替這項行動取個代號。你們有什麼建議嗎？」首相問道。

「我們已經有代號了！」艾瑞克回答。

「呃，我不知道，那個……」席德開口。

「請！說來聽聽！」邱吉爾堅持。

「香蕉！」艾瑞克得意地說。

邱吉爾咯咯笑了起來，差點從椅子上**摔下來**。

「**哈哈哈！**」

「你喜歡嗎？」艾瑞克問道。

「愛死了！好，就叫**香蕉行動！**」

65 最高機密

「沒辦法大肆傳頌你們的英勇事蹟，讓我很過意不去，」邱吉爾繼續說。

「我們一定能做點什麼！一定要慶祝一下！你們喜歡茶會嗎？」

「喜歡！」艾瑞克大聲回答。

「好，那我們今天下午在**白金漢宮**舉辦慶祝茶會！」邱吉爾說。

「我馬上打電話給國王，把整件事告訴他！」

「**白金漢宮**！」席德不敢相信。

「我的天哪！」艾瑞克驚呼。

「呼呼！」葛楚德也大喊。

「猴子也可以來！」邱吉爾說。

席德和艾瑞克互看一眼。誰要糾正首相說大猩猩不是猴子，而是猿類啊？才不要！

「你們三個想邀請誰嗎？」邱吉爾問道。

「這個嘛，我想到一個人，」艾瑞克回答。「她在這場冒險中給了我們很大的幫助。」

「誰啊？」席德追問。

「貝西呀！」

席德露出羞澀的笑容。「對，當然當然，我們要邀請貝西。」

「我會叫他們替貝西留位置！」

「那個……首相先生？」艾瑞克開口。

「怎麼了，孩子？」

「我們可以邀請葛楚德的動物朋友嗎？」

邱吉爾揚起微笑。「我得先跟國王商量一下，但我個人覺得愈熱鬧愈好！今天下午，我們就用茶和蛋糕來慶祝，或許再喝杯白蘭地，抽一兩根雪茄！然後就——聖誕快樂！」

「今天是**聖誕節**？」艾瑞克好驚訝。他完全忘記今天是幾月幾號。

「差不多了。今天是平安夜。雖然這只是簡單的茶會，但我想讓你們知道，你們是英雄。**偉大的英雄**。」

這番話讓席德熱淚盈眶。多年前，他入伍參與第一次世界大戰，上戰場的第一天就踩到地雷，讓他覺得自己很失敗。但首相溫斯頓．邱吉爾本人卻說他是**英雄**！

「真的很謝謝你，先生，」席德激動大喊。

「另外，我會親自向國王舉薦，請他授予你**喬治十字勳章**。」

艾瑞克和葛楚德好興奮，衝上前擁抱席德。

席德喜不自勝。

「可是……可是……可是……」

「沒有可是，好傢伙！」邱吉爾說。「先生，你，理應獲頒英國最高榮譽獎章。你們三個都是。艾瑞克和葛楚德，我很希望你們也能獲獎，但兒童和大猩猩沒辦法受勛。抱歉。」

「這對我而言意義非凡，先生！」席德淚眼汪汪地說。

「我們會立刻替你裝上新的義肢！孩子，有什麼我能為你做的嗎？說出來，別客氣，什麼都行！」

艾瑞克想了一下。他沒有玩具、遊戲用品，也沒有書，但他不想要這些。他想為別人做點什麼……

「邱吉爾先生，」艾瑞克終於開口。「因為我們帶葛楚德離開動物園，惹出了大麻煩……」

「繼續說！」首相催促。

「那個，席德叔叔被動物園開除了，而且……呃……」艾瑞克看著席德。「那個，他在那裡工作了一輩子，是全世界最棒的動物保育員！不知道……我只是在想……你能不能跟動物園園長佛朗爵士談談，讓席德叔叔回去工作！」

席德眼裡閃著點點淚光。

「沒問題！我馬上打電話給他！」

「哇，謝謝！」艾瑞克驚呼。「你跟他談的時候，可不可以請他們放過葛楚德，不要傷害我的好朋友？」

「我在昨天的報紙上有看到新聞，很多人在追捕她。我答應你，我會跟佛朗說，誰都不許傷害這隻美麗的大猩猩，永遠不准。佛朗、巴特和納爾那三個傻瓜更不用說！」

艾瑞克和席德揚起微笑，緊緊擁抱葛楚德。她在他們倆臉上各親一下。

「姆嘛！姆嘛！」

「好啦，別拖拖拉拉了！」邱吉爾說。「你們快換上最好的衣服，再過幾個小時，我們就要跟**皇室**一起喝茶了！」

66 皇家派對

當天下午，白金漢宮餐廳舉辦了史上最盛大的聖誕派對。英王喬治六世、王后伊莉莎白，以及他們年幼的女兒伊莉莎白和瑪格麗特，除了英國首相邱吉爾之外，還接待了幾位很棒的新朋友。

席德和艾瑞克坐在長得不可思議的餐桌旁，餐廳裡布置著漂亮的聖誕裝飾。席德身穿第一次世界大戰時的軍裝，喬治國王剛才親手替他別上喬治十字勳章，這是英國最高榮譽獎章之一。外觀為藍絲帶上掛著純銀十字架，上面刻有聖喬治和龍的圖像，周圍綴著「敬勇氣」的字樣。席德得意地微笑，吃著貝西餵的維多利亞海綿蛋糕。

「我的英雄！」她充滿愛意地嘆口氣。

然而，這場皇家茶會之所以這麼特別，是因為有一群動物賓客。外型大小各異的動物讓兩位年幼的公主欣喜若狂。她們和艾瑞克一起咯咯輕笑，看著：

獨翼鸚鵡帕克啄食聖誕布丁。

嘎嘎！

小象厄尼將粗短的鼻子探進法式奶凍裡。

嗚嗚！

盲眼海豹莎西大嚼鮭魚三明治。

啊姆！

陸龜托特看起來好像在參加比賽，以超慢的速度吃著聖誕樹幹蛋糕捲。

啊——姆——

獨腳紅鶴佛蘿倫絲小口啃食聖誕蛋糕。

啄！啄！啄！

鱷魚柯林咕嚕咕嚕地吞下柔軟香甜的果凍，完全不受缺牙的影響。

咕嚕！

獨臂的大屁股狒狒波蒂嚐到百果甜派的美味，開心地用大屁股蹦蹦跳跳。

咚！咚！咚！

嚼！嚼！嚼！

不過，就如往常一樣，葛楚德是最令人注目的明星焦點。她正獨自享受一份超大的香蕉船，裡面有香蕉、櫻桃、棉花糖、堅果，當然，還有沁涼的冰淇淋。她以驚人的速度大啖盤中的甜點，香蕉屑噴了皇室成員滿身。

咔滋！咔滋！咔滋！

啪！啪！啪！

「呼呼！」

「爸爸！我們可以養一隻大猩猩當聖誕禮物嗎？」十四歲的長公主伊莉莎白央求。

「不、不、不行，親愛的！」國王結結巴巴地回答，拿掉頭髮裡的香蕉屑。

「不公平！」十歲的瑪格麗特用湯匙猛敲桌子。

鏗鏘！

「注意禮儀，親愛的！」王后提醒。

說真的，皇宮裡擠滿了動物，實在毫無禮儀可言。

「閣下無恙？」伊莉莎白公主轉向艾瑞克，拘謹地問道。

「無什麼？」艾瑞克聽不懂。

公主笑了起來。「我是說，你還好嗎？」

「哦，對不起，我很好。謝謝妳的關心，公主殿下！」

「請原諒我這麼問，但我能察覺到你眼中的悲傷。」

「因為我是孤兒。」

「我很遺憾。」

「沒事的。只是我不曉得可以跟誰一起過聖誕……」

「這個嘛，艾瑞克，如果你願意，可以來皇宮跟我們一起過節。」公主回答。

「妳真好心，公主殿下！」席德打岔。「不過，那個，我和貝西一直在討論，就是……」

席德還來不及說完，貝西就插嘴高喊：「我們訂婚了！」

67 香蕉船

「哇！棒透了！」艾瑞克失聲驚呼。

「對，**棒透了！**」公主附和道。「真是好消息！」

「艾瑞克，是你讓我明白，」席德繼續說，「我今生的摯愛就住在隔壁！我的貝西！」

「我的席德！」貝西湊上前捧著席德的臉，給他一個又大又溼的吻。

「媹嘛！」

「好了好了！留著婚禮上再親！」席德說。「所以，艾瑞克，我希望你能來跟我和貝西一起住！」

「真的嗎？」艾瑞克高興地睜大雙眼。

「當然是真的，我們家艾瑞克！」貝西高喊。「我們想收養你和所有動物，成為一個幸福的大家庭。」

艾瑞克熱淚盈眶。「我不知道自己幹嘛哭！」他說。「但這些是開心的眼淚，真的！」

席德和貝西什麼都沒說，只是緊緊抱著艾瑞克。艾瑞克夾在兩人中間，就像從前和爸爸媽媽一起抱抱一樣。不是單純的擁抱，而是「夾抱」。

就連葛楚德也跳進來加入他們！

「呼呼！」

「看來這個故事有了幸福快樂的結局。」伊莉莎白公主說。「想再喝點茶嗎？」

「葛楚德應該會再想來一份香蕉船，謝謝！」艾瑞克回答。「她超愛**香蕉**！」

大猩猩點點頭，急切地揉揉肚子。

「好，我請廚師做！」公主說。

不久，一群侍者便抬著有史以來**最大**的香蕉船走進餐廳，放在餐桌正中央，讓所有動物都能一同享用。

但他們馬上就發現這麼做**大錯特錯**！好了，我不知道你有沒有看過一大群動物一起吃一份**超大**香蕉船，總之情況很快就會失控。皇家茶會轉眼間陷入混亂！

很難說究竟誰是罪魁禍首，但皇宮餐廳很快就上演**食物大戰**！

席德和貝西先被一大坨冰淇淋打到。

啪！

「我的天哪！」貝西驚叫。

接著，一根沾滿巧克力醬的香蕉直接命中國王的臉。

「真的很抱歉，陛下！」席德急忙道歉。

「別、別、別擔心，先、先、先、先生！」國王結結巴巴地說。「我已經有好多年沒這、這、這麼開心了！」

說完他便拿起一大碗乳脂鬆糕，倒在王后頭上。

嘩！

兩位公主爆出大笑。

「哈哈哈！」

王后可不是省油的燈。她抓起果醬塔，扔到公主臉上。

「看招！」眼前荒謬的畫面讓她忍不住咯咯輕笑。

兩位公主滿臉果醬，笑得更厲害了。

「哈哈哈哈哈！」

首相開始覺得自己被冷落了。

「來啊！」邱吉爾挑釁地說。「讓我看看妳們有什麼本事！」

他閉上眼睛，淘氣的瑪格麗特立刻抓起聖誕樹幹蛋糕捲，砸向他的臉。

噗嘰！

「好吃！」首相舔舔嘴邊的巧克力糖霜。他揚起一邊嘴角，露出調皮的笑容，將法式奶凍扔到餐桌另一端。

啪！

艾瑞克和葛楚德全身上下濺滿奶凍。葛楚德開心地舔著屑屑。

囌！囌！

在場所有人全都哈哈大笑。一九四〇年的平安夜，他們暫時忘卻了戰爭及世界的苦難，大肆慶祝，頌揚活著的意義。

生命。

愛。

歡笑。

邱吉爾站起來倒了一杯白蘭地，提議大家舉杯敬酒。他才剛躲過死神，因此「敬生命」似乎再合適不過了。

「敬生命！」

後記

如果有一天你去倫敦動物園玩，說不定會看到一位老態龍鍾的動物保育員。

就是被一群動物圍繞，享受大「夾抱」的那個人。

他的名牌上寫著：**艾瑞克·格洛特**。

他總是隨身攜帶席德叔叔的喬治十字勛章，就放在褲子口袋裡。

這枚勛章讓他想起自己和席德叔叔、貝西，當然還有他在這個世界上最好的朋友——葛楚德一同經歷過的、精采非凡的冒險旅程。

雖然三名夥伴早已離世，但他們會永遠活在他心裡。

動物園迎接新生的大猩猩寶寶時，園方請艾瑞克替她取名。

他決定叫她「**葛楚德**」。

這個故事一直是最高機密，但現在不是了。相關檔案稍早已公諸於世，名叫：

就是你剛看完的這本書。

侵英國。希特勒有個頭銜叫「元首」（Führer），不僅要求德國人民完全效忠，更以獨裁統治的方式全面掌控德國。

倫敦大轟炸（The Blitz）指的是德軍在一九四〇到一九四一年展開的轟炸行動。他們將目標鎖定在倫敦、曼徹斯特和科芬特里等大城市，炸毀了成千上萬棟房屋，民眾不得不躲進防空洞甚至是倫敦地鐵站避難；另外還有兩百多萬名兒童被疏散到郊外鄉村，以免受到德國的空襲威脅。雖然故事寫到倫敦市中心有高射炮，但那些場景只是為了增加戲劇張力，實際上軍方的高射炮都部署在郊區。不過，現實中的倫敦動物園的確像故事裡那樣被炸彈波及；有隻斑馬還在一次轟炸中逃出來，**跑到倫敦街頭**呢！

敦克爾克大撤退（The Dunkirk evacuation）是一九四〇年五月到六月，自法國北部敦克爾克港營救三十多萬名同盟國士兵的行動。比利時、法國和英國軍隊被德軍困在該區，寡不敵眾。盟軍決定執行一場大規模軍事撤退行動，動員了英國皇家海軍、法國海軍，以及大量民間私人船隻，救出大多數盟軍士兵。正如故事中提到的，幾艘盟軍船隻不幸被德軍的船艦和飛機擊沉。歷史上，**格拉夫頓號**（艾瑞克父親搭的那艘船）確實被德國 U 型潛艇布下的魚雷擊中，導致船上數人喪命，但船艦本身並未沉沒，最終有不少人獲救。

德國 U 型潛艇在第二次世界大戰中扮演重要角色，不僅對盟軍貨船造成極大威脅，還攻擊英國皇家海軍。同盟國最後之所以能戰勝，其中一個原因就是破解了這些潛艇間的通訊

戰時英國小知識

《香蕉行動》是作者大衛・威廉想像出來的故事，因此，你剛才讀到的一些非比尋常的事在現實生活中可能從未發生過。然而，由於作者將背景設定在一九四〇年，也許你會有興趣了解更多關於戰時英國的情況，以及本書背後的真實靈感來源。

第二次世界大戰始於一九三九年。當時德國入侵波蘭，而英法兩國曾承諾要保護波蘭，戰爭就此爆發，形成軸心國（德國、義大利和日本）與同盟國（英國、法國、美國、加拿大、澳洲、印度、中國，蘇聯則在一九四一年加入）之間的對抗。一九四五年九月，第二次世界大戰結束。這場戰爭改變了全英國人民的生活。許多人拋下農牧業與糧食生產工作，踏上戰場，加上德國U型潛艇在大西洋巡邏，攻擊貨船，許多寶貴的物資因而毀損，導致食物和其他商品供應短缺。部分食物採定額配給制，以確保供應量充足，政府也鼓勵民眾在自家花園種植蔬果。**香蕉**在當時可說是一種難得的享受。

阿道夫・希特勒（Adolf Hitler）是當時的納粹黨領袖與德國總理，掌握國家大權。他相信德國人的地位至高無上，不容置疑。戰爭期間，他下令展開納粹大屠殺（the Holocaust），殺害了數百萬名猶太人、羅姆人及其他族群。此外，他也採取軍事行動，占領了大部分歐洲地區，同時計劃入密碼。不過據我們所知，U型潛艇其實從未行經泰晤士河。

倫敦動物園在二戰期間大多時候都照常開放。但就這個故事發生的時間點來看，當時大象和部分動物可能已被送往惠普斯奈德動物園，以確保牠們平安。令人難過的是，一些比較危險和有毒的動物實際上就像本書中描述的一樣，不得不被安樂死，以防牠們因動物園遭炸毀而跑出來。倫敦動物園一直都很關心動物與遊客的福祉。事實上，第二次世界大戰期間，園方還特別優待受傷的軍人**免費入園**。

這本書裡的動物遇上了許多不可思議的事。現實生活中，我們知道應該讓野生動物住在自然棲息地，盡量不要打擾牠們。如今，世界各地的動物園（包含倫敦動物園在內）都致力於保護瀕危物種，並妥善照顧園裡的動物，替牠們打造出適當的生活環境。

溫斯頓．邱吉爾（Winston Churchill）於二戰期間擔任英國首相。他的軍事領導能力是同盟國最終贏得戰役的關鍵。邱吉爾以**糟糕**的成績自學校畢業，展開軍旅和兼職記者生涯，隨後踏入政界。他對英國民眾發表的戰時演說非常有名，不僅撼動人心，更提振、維繫了國族士氣。

白金漢宮：艾瑞克和席德到白金漢宮參加派對，跟年輕的伊莉莎白公主與瑪格麗特公主相見歡。想像她們和葛楚德一起分食香蕉船真的很好玩。年輕的伊莉莎白公主後來變成我們的女王，也就是當今在位的**英國女王伊莉莎白二世**（Queen Elizabeth II）。